아이가 주도하는 행복한 일상 만들기

# 언터치 육아

김희영 지음

도서출판담다

# *Prologue*

## 성격 급한 엄마와 거북이 아들의 만남

## 느린 아이와의 만남

18개월에 걷기를 시작하고, 36개월이 되어서야 '엄마, 아빠'라는 말이 겨우 트인 은우는 뭐든지 참 느렸다. 대근육 발달이 미숙한 까닭에 몸을 컨트롤하기 어려워 낯선 곳에서는 한 걸음도 떼지 않았다. 시각과 청각의 감각도 예민해 정신이 없거나 소음이 심한 곳에서는 눈과 귀를 막으며 괴로워했다. 그러다 보니 또래 친구들이 좋아하는 키즈카페나 놀이터는 은우가 즐기기 힘든 장소였다. 미끄럼틀에 한 번 오르기까지, 그네에 한 번 앉기까지 참 오랜 시간이 걸렸다.

느린 발달과 예민한 감각은 저절로 사회성으로 이어져 또래 친구들과 전혀 어울리지 못했다. 여섯 살이 될 때까지 또래와 어울리는 즐거움을 몰랐다. 혼자가 제일 편하다고 말하며 친구들에게 마음의 문을 닫은 아이였다. 그 마음 문이 열리기를 오랜 시간 마음 졸이며 기다렸다.

## 혹시 자폐 스펙트럼인가요?

이 질문을 하기까지 수백 번의 용기가 필요했던, 입 밖으로 내뱉는 순간 사실이 될 것만 같아 꽁꽁 숨겨 두었던 지난 시간을 떠올리면 눈물로밖에는 설명할 길이 없다. 발달장애는 분명 아니지만 아니라고 하기에는 애매하고, 그렇다고 맞는다 하기에도 애매한, 늘 애매하다는 '발달장애 경계' 진단을 받은 채 전전긍긍했다.

'빨리빨리'를 외치며 바쁘게만 살아왔던 나에게는 그런 아이가 많이 낯설었다. 성과 중심의 사교육 시장에서 16년 차 학원 강사로 살며 모든 걸 점수로 매기는 게 익숙했기 때문이다. 늘 노력하면 원하는 것을 얻는 게 당연했기에 마음처럼 되지 않는 육아라는 분야는 매번 낙제점을 받는 기분이었다. 도대체 왜 자꾸 힘들게 하는 건지, 왜 엄마의 노력을 알아주지 않는 건지 원망스럽기도 했다. 주변 사람들의 한마디에 상처받고, 또래 친구들과 비교하며 불안해했다. 해내야 할 발달 과업이 늦어질 때마다 고비가 찾아왔고, 고비마다 어김없이 넘어지며 아팠다. 하지만 언제까지 주저앉아 엉엉 울고 있을 수만은 없었다. 다음 날이면 아무 일 없었다는 듯이 다시 벌떡 일어나야만 했다.

## 내 아이라는 꽃이 피는 시기

몇 번의 넘어짐 끝에 다짐했다. 세상 사람들이 다 느리고 예민한 아이라고 말하더라도 엄마인 나는 믿어 주기로 했다. 꽃마다 꽃송이를 피우는 시기가 다른 것처럼 너만의 꽃을 피우기 위한 시간이 긴 것뿐이라고, 네가 피우는 꽃은 그 누구보다 아름답고 향기로울 것이라고 말해 주기로 했다. 당연하게도 육아는 점수로 매길 수 있는 분야가 아니었고, 잘난 엄마와 부족한 엄마로 나누는 기준 또한 없었다. 그러니 잘난 엄마가 되려고 노력할 시간에 아이를 사랑하는 엄마가 되는 것이 더 중요했다. 남들의 시선에 신경 쓰는 대신 '내 아이를 위한 육아'를 고민하기 시작했다.

## 가정 보육을 선택한 이유

오랜 방황 끝에 내가 택한 방법은 가정 보육이다. 잠깐 보냈던 어린이집을 3개월 만에 그만두고 본격적으로 가정 보육을 시작했다. 비교할 또래가 없으니 느린 발달이 문제가 되지 않았고 자연스레 불안도 사라졌다. 정해진 등·하원 시간을 없애니 우리에게는 더욱더 풍족한 시간이 주어졌다. 기관에 있을 시간에 매일 숲이나 바다로 나갔다. 불편하게 하는 자극이 없는 유일한 곳이 자연이었기 때문이다. 자연에서 뒹굴며 바깥놀이를 끝낸 후, 집으로 돌아와 책을 파고들었다. 은우는 무서울 정도로 몰입하며 자연에서 관찰한 것에 대한 호기심을 책으로 풀어냈다.

'자연'과 '책'으로 키우는 것이 가정 보육의 이유였기에 꾸준히 환경을 만들어 주려고 애썼다. 하지만 시간이 많이 주어진 만큼 혼자 보내야 하는 시간 또한 많았다. 은우는 거실에 누워 하품을 쩍쩍하며 심심해 죽겠다고 머리를 긁는 날이 대부분이었다. 나는 굳이 그 시간을 모두 채워 주려 하지 않았다. 자기 힘으로 여백의 시간을 채워 갈 수 있도록 기다려 주었다. 아이에게는 심심함을 느끼는 시간이 꼭 필요하다고 생각했기 때문이다. 그래서 은우의 시간에 최소한의 개입만 하며 '언터치' 했다.

## 심심함을 즐기는 아이

점점 은우는 심심함을 즐기며 하루를 보내게 되었다. 방바닥을 뒹굴다가 발견한 노끈으로 새로운 놀이를 만들고, 하늘을 보며 멍하니 앉아 해와 달의 움직임을 관찰하면서 우주의 원리를 깨달았다. 비싼 장난감도 필요 없이 전지 한 장만 있으면 전국의 지도를 그리며 시간을 보내기도 했다. 심심할 때마다 미디어 기기를 찾는 대신, 주변을 둘러보고 관찰하는 여유를 배워 나갔다. 우연히 발견한 모든 것에 궁금증이 생겨나고, 그 궁금증은 호기심으로 커지며 더 알아 가고 싶은 욕구로 발전했다. 은우는 자연스럽게 생겨난 호기심 덕분에 모든 것을 배우고 싶어 하는 아이가 되었다.

이 책 「언터치 육아」는 16년 차 학원 강사로 살며 교육열 넘치던 엄마가 발달이 느린 아들을 키우며 얻은 육아법을 담고 있다. 느린 아이를 키우면서 많은 실수와 시행착오를 겪었고,

고민도 많았다. 여전히 부족함이 많은 엄마일 뿐이다. 하지만 내가 잘한 것은 세상과의 비교를 거부하고 우리 아이에게 집중한 것, 아이만의 속도를 믿고 재촉하지 않고 기다려 준 것, 남들과는 다른 육아법에 대한 세상의 참견에 흔들리기도 했지만 소신을 지켜 낸 것이라고 생각한다.

1장은 자칭 교육 전문가로서 자신만만하게 육아를 시작 했지만, 노력만큼 결과가 따라오지 않아 방황하던 초보 엄마 시절의 이야기다.

2장에서는 가정의 위기를 극복하기 위해 시작한 제주살이에서 얻은 자연 육아 경험담을 소개한다.

3장에서는 3개월 만에 어린이집을 그만두게 된 이유와 가정보육 시작, 그리고 언터치 육아를 발견하게 된 과정에 대해 이야기한다.

4장에서는 책을 좋아하는 아이로 키우고 싶은 욕심을 버리고 책 육아에서도 언터치를 실천하게 된 과정을 설명한다.

마지막으로 5장은 언스쿨링을 실천하며 일절 학습을 시키지 않았지만 다양한 방면에서 나타난 아웃풋에 관한 이야기다.

이 책은 발달이 느린 아이를 어떻게 키웠는지에 관한 이야기지만, 모든 가정에 그대로 적용되지 않을 수 있다. 상황에 따라서는 언터치가 아닌 전문가의 적극적인 개입이 필요할 수 있기 때문이다. 다만, 발달장애의 경계에서 힘들어하던 시절을 지나 '기적'이라 할 만큼 성장한 은우의 사례가 누군가에게 작은 희망이 되길 바라는 마음으로 이 책을 썼다. 행동 발달이 또래보다 확연히 느리거나 사회성이 부족해 어린이 집 적응에 어려움을 겪는 아이를 키우는 가정에 조금이나마 도움이 되기를 바란다.

16년 동안 교육 현장에서 쌓아 온 사교육 전문가로서의 가치관이 아이를 키우며 어떻게 변화했는지에 대해서도 담았다. 영유아 시절에는 학습보다 더 중요한 것이 있으며, 아이의 자발적인 성장과 호기심을 존중하며 기다리는 것이 필요하다는 점을 전달하고 싶다.

*참고: 현재 만 나이로 통합되었으나 이 책에서는 한국 나이를 기준으로 표기했다.

# 목차

## Chapter. 2 제주에서의 자연 육아

## Chapter. 3 어린이집 대신 가정 보육

## Chapter. 4 책 육아에도 언터치가 필요해

## Chapter. 5 스스로 배우는 아이가 되다

# *Chapter. 1*

## 내 아이를 잘 키울 자신이 있었습니다만

## 학원 강사로 살아오면서

16년 차 입시학원 수학 강사로 살아오면서 학생들의 성적이 가장 중요한 관심사였다. 학생들에게 공부를 효율적으로 가르치고 성적이 오를 수 있도록 도와주는 것이 나의 '직'이자 '업'이었다. 본인이 좋아하는 일(적성), 잘하는 일(능력), 할 수 있는 일(자격) 세 박자가 모두 일치하기는 쉽지 않은데, 나는 운이 좋다고 생각할 만큼 그런 편에 속했고 학원 강사라는 직업이 잘 맞았다.

중학교 때는 노느라 공부를 안 했지만, 공부하겠다고 다짐한 고등학교 시절부터는 노력한 만큼 성적이 올랐다. 성적이 오를수록 주변 어른들의 대우가 달라졌고, 나의 선택권도 넓어져 지원할 수 있는 대학이 많아졌다. 치열한 진로 고민 끝에 독서와 글쓰기를 좋아해 작가가 되고 싶었지만, 주변 어른들은 모두 안정적인 직업을 권유했다. 결국 국어국문학과 대신 국어교육학과를 목표로 공부했고 무난하게 사범대에 진학했다. 사범대에서 교육학을 전공하며 선생님에 대한 꿈을 키워갔다.

대학교 2학년 때 시작한 동네 학원 강사 아르바이트가 사회생활의 시작이었고, 졸업 후에는 바로 전업 강사로 취업했다. 몇 년간 경력을 쌓아 대형 학원으로 옮겨 적성에 맞는 일로 안정적인 돈벌이를 하며 살았다.

그러던 중 영어와 수학을 더 중시하는 분위기에 맞춰 수학 강사로 전과하기를 제안받았다. 이미 국어 강사로 커리어를 쌓아 놓은 상태였기에 쉬운 선택은 아니었지만, 나의 성실함을 좋게 봐 주신 원장님의 적극적인 지원으로 도전했다. 초등 수학 보조강사부터 다시 시작하며 실력과 경험을 쌓아 수학 강사의 길을 걷게 되었다. 국어 전공자가 수학을 가르치는 것은 단점인 듯하면서 장점이 되었다. 때마침 수학 과목이 스토리텔링을 만나 국어적 요소가 짙어졌기 때문이다.

문과와 이과를 자유롭게 넘나들며 강사 활동을 할 수 있었던 것은 공부를 좋아하는 나의 성향 덕분이었다. 전교 꼴찌 수준으로 고등학교에 입학했지만 노력으로 상위권 학생이 되었듯, 원하는 것을 얻기 위한 공부에는 늘 자신이 있었다. 공부는 노력하는 만큼 결과가 정직하게 나오는 가장 대표적인 분야였기 때문이다. 평소에 꾸준히 준비한 것들은 어김없이 더 좋은 결과를 얻었고, 그렇지 못했다면 잠자는 시간을 줄여 벼락치기라도 했다. 그러면 최상의 결과까지는 아닐지라도 최악의 상황은 면할 수 있었다. 노력은 내 의지로 얼마든지 조절할 수 있었기에 마음먹으면 못 해낼 것이 없다고 생각했다.

학원 강사로 일하는 것도 마찬가지였다. 더 완벽한 강의를 위해 잠을 줄여 가며 수업 자료를 준비하고, 1분 1초가 아깝다는 생각으로 목이 쉴 때까지 강의했다. 매일 자정을 넘겨 퇴근하고,

시험 기간에는 두 달여간 주말도 없이 출근했다. 수업 시간에 잠시라도 한눈파는 학생이 생기지 않도록 긴장감을 놓지 않았고, 중간중간 필요한 유머와 농담도 미리미리 준비했다. 내가 더 열심히 노력하는 만큼 학생들의 성적도 올랐고, 그만큼 나의 평판도 좋아지게 되었다.

육아 또한 열심히 노력하면 잘 해낼 수 있을 거라고 생각했다. 그래서 아이를 낳으면 누구보다 잘 키울 자신이 있었다. '잘 키운다'는 것에는 내적인 부분도 포함되지만, 공부를 잘하는 아이로 키우고 싶다는 마음이 더 컸다. 학원에서 수천 명의 학생을 가르치며 쌓아 온 데이터베이스가 있었기 때문이다. 언제 인풋을 넣어야 제때 아웃풋이 나오는지, 어떠한 방법과 절차로 가르치는 것이 가장 효율적인지, 어떤 로드맵으로 가는 것이 가장 빠른 지름길인지를 누구보다 잘 알고 있었다. 어느 시기에 결핍이 생기면 어떠한 문제가 초래되는지, 결핍이 생기지 않게 지도하려면 어떻게 이끌어 줘야 하는지도 마찬가지다. 그래서 자신만만했다. 내 아이를 모범생이자 영재로 키울 자신 말이다.

## 엄마라면 당연히 육아가 쉬울 줄 알았다

“신생아부터 36개월까지가 애착 형성의 골든타임입니다. 이때 엄마와 아이의 관계 형성이 매우 중요해요. 이 시기를 놓치면 아이가 성장 과정에서 어려움을 겪을 수 있거든요.”

“애착 형성이 잘된 아이는 정서적으로 안정감이 있고, 사회적으로 관계도 좋으며, 자존감이 높은 특징이 있습니다. 그런 것들이 지적 능력과도 연결되어 공부를 잘하는 아이가 되지요. 그만큼 36개월까지의 애착 형성이 매우 중요합니다. 그러니 36개월까지는 남이 아닌 ‘엄마’가 아이를 돌봐야 해요. 그게 가장 좋습니다.”

‘엄마가 아이를 돌보는 건 당연한 일인데 그게 이렇게 연구까지 할 일인가? 자기 아이 돌보는 게 뭐가 그렇게 힘들다고?’

‘나중에 아이를 낳게 되면 36개월까지 내가 직접 키우겠어! 그것도 누구보다 잘 키울 거야!’

햇살이 늘어지게 내리쬐는 사범대 4층 강의실, 일정한 톤으로 말씀하시는 교수님의 목소리가 자장가로 들린다. 매우 중요하다고 강조하시는 말씀에 분홍색 형광펜을 꺼내 밑줄을 치고 별표를 그린다. 같은 이야기를 한 학기 내내 반복하시는 교수님이 야속하다. 10분이라도 수업을 일찍 끝내 주면 좋겠는데, 오늘도 역시나 정시에 끝내시려는 모양이다. 몰려오는 하품을 참아가며 필기를 마저 끝낸다. 15년 전, 대학교 전공 수업 시간의 일이다. 어찌나 뇌리에 박혔던지 20대 초반 철부지 대학생 시절부터 '36개월'이라는 기간이 엄마의 당연한 사명감처럼 느껴졌다. 하지만 그것이 결코 당연하거나 쉬운 일이 아니라는 것을 그때는 미처 알지 못했다.

시간이 흘러 결혼하고 아이를 갖게 되었다. 여전히 36개월이라는 기간을 기억하고 있었기에, 초보 임산부였던 나는 모두에게 선언했다. 아이를 적어도 36개월까지는 직접 내 손으로 키우겠다고 말이다. 돌 이후에 복직할 수 있겠냐는 직장의 부탁에도 과감히 퇴사를 선택했다. 모든 것이 내 계획대로 잘 흘러갈 줄 알았고, 무엇보다도 잘 해낼 자신이 있었다.

대학에서 4년 동안 교육학을 전공하며 다양한 이론과 실무 지식을 배웠다. 특히 교육심리학 분야는 졸업 후에도 따로 공부해 둘 정도로 좋아했다. 아동 발달 과정에서 필요한 것과 그것이 결핍되었을 때의 문제점, 부모와 환경의 자극이 아이에게 얼마나 중요한지 등에 대해 이론적으로 충분히 이해하고 있었다. 또한 학원에서 10년 넘게 강사로 일하며 수천 명의 학생을 가르쳤고, 학부모들과 상담하면서 그들의 고민을 해결해 주었다. 이러한 실전 경험 덕분에 육아가 더 수월할 것이라고 생각했다. 그뿐 아니라 요즘은 육아 관련 정보들을 쉽게 얻을 수 있다. TV 프로그램, 유튜브 채널, 블로그, 맘 카페, 인스타그램 등 다양한 매체를 통해 전공 수업 이상의 정보에 손쉽게 접근할 수 있다. 또한 아빠들의 육아 참여도가 높아진 요즘, 남편 역시 육아에 적극적인 사람이다. 게다가 친정 부모님도 근처에 살며 든든하게 지원해 주신다. 이렇게 육아하기 좋은 환경을 갖추었으니, 당연히 육아가 쉬우리라 생각했다. 내가 배운 대로만 하면 될 것이다!

## 백일의 기적을 꿈꾸다

백일의 기적! 말 그대로 '기적' 같은 일이 우리 집에도 찾아올까?

조리원에서 나온 날부터 한숨도 잘 수 없었다. 너무 작아 만지기도 겁나는 신생아를 안고 어쩔 줄을 몰라 하며 밤마다 함께 엉엉 울었다. 아직 몸이 회복되지 않아 밑은 빠질 듯 아팠고, 젖은 퉁퉁 불었고, 손목은 시큰거렸다. 그럼에도 아기를 돌봐야 하기에 몸이 저절로 움직였다. 우선 기저귀를 갈고 수유한 다음 20분가량 안고 트림을 시켰다. 조심조심 기저귀도 한 번 더 갈아 줘야 했는데, 신생아는 하루에 기저귀를 15회 이상 갈아 줘야 한다는 걸 미처 몰랐다. 이 모든 루틴이 끝나면 다시 은우를 안고 잘 때까지 거실을 서성였다. 잠이 들면 눕히고 멍하니 앉아 유축하다 보면 금세 다시 깰 시간이 되었다. 그 짓을 무려 2~3시간마다 하루에 여덟 번씩 해야 했다.

출산 한 달 차, 지금의 이 시기가 끝나지 않을 것만 같다는 생각에 우울해졌다. 출산하기 전과 완전히 달라진 내 모습이 좀처럼 적응되지 않았고, 당당하고 자신감 넘치던 예전의 모습은 마치 전생과도 같이 아득하게 느껴졌다. 큰 욕심은 부리지 않을 테니 제발 잠이라도 푹 자고 싶다는 생각뿐이었다. 과연 백일이 되면 밤에 깨지 않고 쭈욱 잔다는 '통잠의 기적'이 찾아오긴 하는지 의문스러웠지만 유일하게 기댈 수 있는 희망이었다.

맘 카페를 찾아보니 애바애(애 by 애: 아이마다 다르다는 뜻)라며 백일 이후에도 통잠을 자지 않는 아기도 많다고 했다. 유일한 희망이 사라질까 봐 두려웠다.

'으악, 안 돼! 제발 우리 은우는… 제발….'

나의 간절함이 통한 걸까? 감사하게도 기적은 빨리 찾아왔다. 순둥이였던 은우는 50일 무렵부터 4~5시간씩 깨지 않고 자더니, 백일부터는 무려 10~12시간씩 통잠을 잤다. 밤중 수유는 저절로 끊게 되었고, 두 시간마다 울음소리에 깨는 일은 더 이상 없었다. 밤에 푹 잔 은우는 컨디션이 좋았고, 낮에도 먹고 놀다가 잠드는 패턴을 잘 지켜 주었다. 배불리 수유를 하고 잠시 놀게 두면 바운서에 그대로 누워 잠이 들었다. 더 이상 안고 재우는 일 없이 혼자서도 잘 잤다.

"어머 그게 말이 되니? 믿기지 않는다. 넌 전생에 분명 유관순이었을 거야! 그러지 않고서야 무슨 그런 복을!"

비슷한 시기에 출산한 육아 동지들에게 부러움을 샀다. 그들 말처럼 전생에 유관순은 아니었겠지만 그래도 착한 일은 많이 했나 보다. 백일의 기적은 나의 삶을 다시 바꾸었다. 밤에 7~8시간 이상 푹 자고 일어나도 은우는 깨지 않았다. 여유롭게 상을 차려 식사할 수 있었고, 샤워하다가 급하게 뛰쳐나오는 일도 더는 없었다. 밤에 잠을 설치지 않아 체력을 회복한 남편은 퇴근 후에 은우 목욕과 집안일을 전담해 주었다. 나 혼자 짊어지고 있다고 생각했던 육아의 무게를 나눌 수 있다는 것만으로도 큰 힘이 되었다. '기적'이라고 하기에는 아주 소박한 일상이었지만, 나에게는 기적 그 이상의 일이었다.

## 기적 후에 찾아온 번아웃

막상 고된 육아의 굴레에서 벗어나 여유가 생기니 무얼 해야 할지 몰랐다. 대부분 시간을 스마트폰을 들여다보며 조리원 동기들과 카톡으로 수다를 떨었다. 그동안 못 본 드라마와 예능을 정주행하며 밤을 새우다가 남편 출근 시간까지 깨어 있던 적도 있다. 유명한 맘 카페 몇 군데에도 매일 드나들었다. 초보 맘에게는 육아 정보를 얻을 수 있는 창구이자 비슷한 상황에 있는 육아맘들과 소통할 수 있는 소중한 공간이었다. 맘 카페에서 얻는 핫딜(물건을 저렴하게 살 수 있는 방법) 정보도 쏠쏠했다. 저렴하게 살 수 있다는 이유로 핫딜이 뜨면 물건을 대량으로 구매하기 시작했다. 기저귀 1,000개, 세제 20통, 종류별 장난감, 있으면 좋지만 없어도 상관없는 생필품 등을 쟁였다. 매일 현관문 앞에는 택배 박스가 탑처럼 쌓이기 시작했고, 우리 집은 이런저런 물건에 공간을 내주었다.

"오빠, 이거 다 해서 얼마에 샀게? 5만 8,000원이야! 마트에서 사는 것보다 거의 반값이지? 내가 이거 싸게 사느라고 얼마나 알아봤는지 알아? 나 정말 알뜰하고 현명하지?"

셀 수 없이 쌓인 택배 박스에 괜히 민망해져 묻지도 않은 남편에게 자랑을 늘어놓았다. 남편은 어떤 것에도 관여하지 않았지만, 나도 모르게 외벌이에 대한 미안함과 민망함이 생겨났다.

경제 활동을 하지 않으면서 돈만 쓰는 사람이 된 것 같았기 때문이다. 그럼에도 물건 구매를 멈추지 않았고, 자칭 현명한 소비가 늘수록 가계 경제는 빠듯해졌다. 카드값도 매달 늘어 갔다. 그런데 이상한 점은 돈을 써서 집 안을 채워 갈수록 마음이 공허해졌다는 것이다. 은우가 자는 동안 TV와 스마트폰만 붙잡고 있다가 깰 시간이 되면 피곤함이 몰려왔다. 그 어떤 꿈이나 목표도 없이 시간을 보내며 인터넷 속 세상을 떠도는 삶을 이어 갔다.

그러던 어느 날, 은우를 안고 트림을 시키다가 누군가와 눈이 마주쳤다. 높이 올려 묶은 머리는 대역 죄인처럼 산발이 되어 있고, 티셔츠에는 여기저기 분유 토가 묻어 있는 젊은 여자. 그녀의 피부가 무척이나 푸석해 보였다. 익숙한 듯 낯선 모양을 한 그녀와 눈을 마주치자 그만 정신이 번쩍 들었다. 내 아이의 눈에 비친 엄마의 모습이 생기라고는 찾아볼 수 없는 이런 꼴이라니, 이런 눈빛으로 은우를 대하고 있었다니. 충격이었다.

'벗어나자. 이대로 살 수는 없어.'

도대체 무엇부터 잘못된 것일까? 그렇게 바라고 바라던 백일의 기적이 찾아왔건만 왜 이 꼴이 되어 버린 걸까? 주변에서 부러워하는 아이의 통잠에 나는 왜 더 무력해진 것일까? 아이를 키우는 건 그 무엇과도 바꿀 수 없는 기쁨이건만, 왜 이렇게 하루하루가 공허하고 허전한 것일까? 이 문제를 남편과 의논하기로 했다. 출산 후 내 삶은 이렇게 변했 는데 남편은 그대로인 것 같은 억울한 마음을 가라앉히며 차분히 이야기를 꺼냈다.

"오빠, 나 아무래도 산후우울증인 것 같아."

"응? 아기 낳은 지 꽤 되었는데 산후우울증이 지금도 찾아오는 거야?"

"나도 모르겠어. 그런데 내가 이상한 건 확실해. 병원 다녀오는 길에 아파트 화단에 핀 장미꽃을 보는데 갑자기 눈물이 나는 거야. 꽃이 예뻐서 화가 나더라고. 나만 빼고 세상 사람들이 다 행복해 보여서 억울하기도 해."

"희영아, 아무래도 번아웃이 온 거 같아. 주말에는 내가 혼자서 은우 볼 테니 너만의 시간을 보내는 건 어떨까?"

"응. 나도 그러고 싶어서 오빠랑 의논하는 거야. 주말 중 하루는 나 혼자 보내고 싶어. 오빠 혼자서 케어 가능하겠어?"

"그럼! 아빠가 자기 애도 못 보는 게 말이 되니? 너도 주중에 혼자서 아기 보느라 애쓰는데 주말에는 당연히 내가 봐야지. 걱정 말고 편하게 시간 보내고 와."

그날부터 온종일 붙잡고 있던 스마트폰과 밤새 보던 TV를 줄였다. 은우가 밤에 통잠을 자는 동안 함께 푹 잤고, 깨기 전까지만 집안일을 했다. 깨어 있는 동안에는 눈을 맞추며 놀아주고, 낮잠을 자는 동안에는 나도 편안하게 쉬었다. 주말에는 친정엄마와 남편의 도움을 받아 혼자만의 시간을 가졌다. 조금씩 나만의 시간을 확보해 갈수록 무언가를 새롭게 시작하는 것 같은 설렘에 행복했다. 마치 대학교 새내기 시절로 돌아간 것만 같았다.

## 육아서 100권 읽은 엄마가 되다

'육아서 핫딜'

드나들던 맘 카페 핫딜방에서 우연히 발견한 다섯 글자가 눈길을 끌었다. 육아서를 권당 5,900원에 구매할 수 있는 핫딜이었다. 대충 눈에 띄는 제목을 골라 10권을 구매했다. 친정엄마와 남편의 배려로 생긴 나만의 시간에 책을 읽어야지 생각하던 참에 잘 되었다.

육아서는 처음 읽어 보는 분야였지만 금세 빠져들었다. 육아는 하면 할수록 자존감을 낮게 만드는 이상한 존재였다. 그동안 노력으로 못 할 것이 없는 삶을 살았는데, 육아만은 그렇지 않았기 때문이다. 시간이 지나도 매번 초보였고, 모든 면에 서툴렀으며, 늘 조심스러웠다.

'혹시 나 때문에 아이가 잘못되는 건 아닐까?'

'내가 과연 좋은 엄마가 될 수 있을까?'

사소한 걱정을 달고 사는 초보 맘이었다. 그런 내 마음을 육아서 저자들이 토닥토닥 달래 주었다. 남편도 다 알아주지 못하는 감정까지 알아주는 것이 매우 큰 힘이 되었다. 지금도 충분히 잘하고 있으니 무언가를 더 하려고 애쓰지 않아도 된다는 말에 위로를 받았다. 그동안 몸이 힘들어서 짐처럼 느껴졌던 육아에 대한 생각도 바꿀 수 있었다. 어차피 해야 하는 육아인데 지금처럼 힘들어만 하지 말고 이왕이면 즐겁게 이 시간을 보내야겠다는 생각이 들었다. 그러다 보니 육아 우울증과 번아웃이 저절로 사라지고 육아가 조금은 가벼워졌다.

핫딜로 쟁여 놓은 육아서 10권을 금방 읽었고, 관심사가 확장되면서 읽고 싶은 책이 나날이 늘었다. 외벌이였기에 매번 책을 구매하기는 부담스러워 동네 도서관을 이용했다. 은우를 유모차에 태워 도서관에 함께 갔다. 고맙게도 꽤 긴 시간을 유모차에서 잘 있어 주었고, 배불리 먹여 놓으면 어디에서나 잘 잤다. 평일 낮에 이렇게 많은 사람이 열심히 공부하는지 전혀 몰랐다. 유모차를 옆에 두고 그들과 함께 책을 읽고 있노라면 열정적으로 살던 예전의 나로 돌아간 것 같았다. 깊숙이 숨어 있던 열정이 마구 샘솟았다.

남편 대여증까지 동원해 한 번에 10권씩 책을 빌려 일주일 만에 다 읽었다. 도서관 육아서 코너에 있는 책을 거의 다 읽었을 즈음에는 '희망도서 신청하기' 서비스도 이용했다. 새로 나온 신간을 바로 읽을 수 있어서 좋았다. 그 재미에 책에 더 빠지게 되었고, 읽는 책의 권수도 점점 더 늘어 갔다. 단기간에 읽은 책이 100권에 가까워질 즈음에는 마치 육아 전문가가 된 것 같은 기분도 들었다. 사범대학교에서 교육학을 전공하며 공부한 지식과 융합되자 더 큰 힘이 되었다.

육아서를 읽으면서 사람마다 타고난 기질이 다르다는 것을 알게 되었다. 은우는 잘 먹고, 잘 자고, 잘 노는 '순한 아이' 기질이어서 육아가 비교적 수월한 편이라고 했다. 그럼에도 육아를 힘들게 느낀 것이 부끄러웠다. 나는 왜 유난히 육아가 힘들었을까? 나의 기질에 대해서도 알게 되었는데 육아를 할 때 '예민한 엄마'에 속했다. 아이에게만 온 신경을 집중하고, 울기도 전에 미리 달려가기 위해 늘 대기 중이었다. 살짝 불편한 기색만 보여도 바로 해결해 주었기에 울 틈이 없어서 순한 아이처럼 느껴진 것이다.

하지만 책에 빠지면서 은우의 부름에 한 템포 늦게 반응하게 되었다. 배고픔이나 배변처럼 생존에 필요한 일에는 달려갔지만 적당한 칭얼거림은 못 들은 척 넘겼다. 가끔은 책에 너무 집중하느라 울음소리가 진짜로 안 들리기도 했다. 그러다가 혼자 두어도 스스로 칭얼거림을 멈추고 생각보다 빨리 안정을 찾는다는 것을 알게 되었다.

"우쭈쭈, 우리 아기 엄마 찾아쪄요? 엄마 옆에서 책 읽고 있어쪄요. 엄마는 늘 옆에 있으니까 걱정하지 말아요. 혼자서 울음 그쳐 줘서 고마워요, 왕자님."

너의 부름에 모두 달려가지 않아도 엄마는 늘 옆에 있는 존재라고 확인시켜 주면 충분했다. 그러자 육아에 더 여유가 생겼다.

그때부터 내 마음에도 여유가 생겨 은우가 더 예뻐 보였다. 출산 6개월 차, 육아서 100권을 읽고 자신감에 가득 찬 나는 육아서에서 배운 대로 잘 키울 수 있을 거라고 생각했다.

"오빠, 우리 은우 정말 잘 키워 보자. 나 정말 잘 키울 수 있을 것 같아!"

## 엄마가 키우지 못해 미안해

'36개월까지 내가 키우리라' 다짐했건만, 생각보다 빨리 위기가 찾아왔다. 3년은커녕 1년도 제대로 채우지 못한 채 말이다. 육아서로 시작한 독서의 재미에 빠져들면서 '나'를 찾고 싶은 욕망이 꿈틀거리며 나날이 커졌다. 다시 내 일을 멋지게 하는 모습으로, 꿈을 위한 열정으로 가득 찼던 때로 돌아가고 싶었다. 아이를 키우는 일은 세상 무엇과도 바꿀 수 없는 숭고한 일이지만, 나는 성장 욕구가 더 큰 엄마라는 사실을 인정하기로 했다. 3년 동안은 돌아가지 않겠다며 복직 제안을 거절하고 퇴직을 선택한 것을 후회하며, 출산 8개월 차에 집을 뛰쳐나가 면접을 봤다. 남편에게도 친정 부모님에게도 비밀로 하고 벌인 일이었다. 면접과 동시에 그동안의 경력을 인정받아 쉽게 취직에 성공했다. 나를 필요로 하는 곳이 있다는 것에 대한 안도감과 엄마 손이 한참 필요한 은우에 대한 미안함이 동시에 들었다.

"엄마가 잘 돌보고 있을게. 너는 퇴근 후에 친구들도 만나고, 공부도 하고, 하고 싶은 것 다 하고 들어와!"

은우의 양육을 맡아 준 친정엄마의 든든한 지원 덕분에 마음 편하게 복직을 결정할 수 있었다. 퇴근 후에는 두 시간씩 도서관이나 카페에 들러 공부를 하고 귀가했다. 그 시간이 어찌나 꿀맛 같던지 수험생 시절보다 공부를 더 열심히 했다. 잠시 공백이 있었음에도 멋지게 복직한 것, 학생들 앞에서 당당하게 수업하게 된 것, 직장에서 능력을 인정받게 된 것, 자기 계발을 통해 하루하루 더 성장하는 것. 이 모든 것이 나의 자존감을 끌어올려 주었고, 나는 예전의 열정적인 모습으로 돌아갔다.

하지만 직장에 적응할수록 한편으로는 죄책감도 커졌다. 은우는 내가 출근할 때 한 번도 보채거나 울지 않았다. TV나 주변에서 보면 대부분 울며불며 이산가족 헤어지듯 눈물바람이던데, 우리 집의 출근길은 매일 평온했다. 오히려 밝게 손을 흔들며 할머니와 잘 있어 주었다. 할머니가 일이 있을 땐 이모할머니나 외삼촌 등 다른 가족들과 잘 있어 주었다. 물론 우는 것보다는 낫지만 한편으로는 걱정이 되었다.

'지금이 애착 형성에 가장 중요한 시기라고 하는데, 내 행복을 찾아 아이와 떨어져도 되는 걸까?'

'혹시 내가 엄마인 걸 모르나? 애착 형성이 잘 안되어서 나중에 잘못되는 거 아니야?'

걱정이 되었던 나는 전문가를 찾아 고민을 털어놓고 명쾌한 답변을 들었다. 지금 연령에는 애착이 형성된 사람과 헤어질 때 불안해하는 것이 일반적이지만, 모두가 그런 건 아니라고 하셨다. 헤어짐에 아무렇지 않게 반응하는 경우도 있는데, 그것은 '우리 엄마는 곧 돌아올 것'이라는 믿음이 있기 때문이라고 얘기해 주셨다. 은우와 나만의 방식으로 애착을 잘 형성해 가고 있는 것이니 걱정 말라는 말에 비로소 안심이 되었다.

워킹맘이 된 이후 은우와 보내는 시간은 줄었지만, 대신 더 집중해 시간을 보낼 수 있었다. 내면 에너지를 채운 후 더 밝은 모습으로 대할 수 있는 여유가 생겼기 때문이다. 엄마가 행복한 미소와 생기 있는 눈동자를 장착하니 은우 또한 훨씬 밝아졌다. '36개월까지는 무조건 엄마가 키우리라'를 고집하고 있었지만 조금씩 육아 이론이 전부가 아니라는 것을 깨닫게 되었다. 그러니 직접 못 키웠다는 죄책감에서 벗어나기로 했다. 그저 각자의 상황에 맞는 최선의 선택을 하면 되는 것이었다. 은우는 엄마와 일찍 떨어졌지만 조부모님과 친척들의 사랑을 듬뿍 받으며 잘 컸다.

## 육아 이론에 서서히 금이 가다

미친 듯이 악을 지르며 떼를 쓰는 은우를 유튜브 영상에서 배운 대로 꽉 잡고 마주 앉았다. 마음을 먼저 공감해 주고, 그럼에도 해서는 안 될 것과 잘못에 대해 단호하게 말해 주었다. 금방 진정하고 '잘못했어요'라고 말하는 모습 보며 함께 흥분하지 않고 대처한 보람이 있다며 뿌듯했다. 하지만 내 품을 벗어나자마자 다시 바닥을 뒹굴며 소리를 질렀다. 이유라도 알고 싶었지만 친절하게 알려 줄 리가 없다. 다시 이야기를 나누기 위해 붙잡으려고 하니 반항이 더 심해졌고 나는 이미 온몸에 힘이 빠진 상태였다.

"너 이노무 시키! 셋 셀 동안 뚝 안 그치기만 해 봐. 엄마 화낼 거야."

"하나! 두울! 세에엣! 야!"

결국 은우의 울음소리가 묻힐 만큼의 큰 소리로 화를 내고, 그 누구에게도 보여 준 적 없는 무서운 표정으로 위협했다. 차마 해서는 안 될, 하자마자 후회하는 말을 내뱉기도 했다. 그렇게 나는 '엄마 자격이 없는' 엄마가 되었다. 육아는 정말이지 내 마음처럼 되는 것이 하나도 없는 이상한 일이었다. 책이나 영상에서 배운 이론을 적용해도 통하지 않았다. 미치고 환장할 지경이었다. 좋은 엄마가 되고 싶었는데 하루하루 남보다도 못한 엄마가 되었다. 살아오면서 만난 그 누군가를 이렇게 함부로 대한 적이 있을까? 평생 꽁꽁 숨겨 두고 살아온 나의 바닥을 왜 은우 앞에서는 하나씩 꺼내는 것일까?

그럼에도 엄마가 전부인 아이는 불같이 화내는 모습에도 금방 와서 안겼다. 그런 날이면 밤에 쉬이 잠이 오지 않았다. 잠든 얼굴을 만지고 부비며 눈물로 반성문을 쓰곤 했다. '내일은 절대 화내지 말아야지' 라는 다짐이 부디 행동으로 이어지기를 바랐다. 나에게 가장 소중한 존재인 은우를 위해서는 목숨도 아깝지 않은데, 나는 왜 이렇게 매번 화가 나는 건지 알 수 없었다.

"오빠, 오은영 박사님이 하라는 대로 해 봤는데 왜 안 될까?
혹시, 오은영 박사님도 본인 아이는 직접 안 키운 거 아닐까?
과연 진짜 화 한 번 안 내고 키웠을까? 나 너무 궁금하고 답답해!"

농담으로 남편에게 건넨 말이지만 어느 정도는 진심이 담겼다. 내가 아는 교육 이론가들은 모두 자녀가 없는 것 아닌지 의심이 들었다. 본인 아이를 키워 보지 않았기에 그런 이론을 만들었을 거라고, 직접 키워 봤다면 '이 이론이 모두에게 통하지 않을 수 있음' 이라는 주의사항 정도는 추가해야 하는 거 아니냐고 괜한 심술을 부리고 싶은 마음이었다. 물론 웃자고 하는 이야기지만 그만큼 답답한 날의 연속이었다.

즐겨 보는 TV 프로그램 <금쪽같은 내 새끼>를 시청할 때마다 부모들의 문제점이 보였다. 그런 상황에서 부모가 어떻게 대처해야 하는지 나도 이미 알고 있었다. 제3자 입장에서 상황을 지켜볼 때는 말이다. 하지만 그 화면 속으로 내가 들어가 아이를 직접 대면할 때는 생각처럼 잘되지 않았다. 머리로는 잘 아는 것들을 제대로 실천하지 않는다는 사실에 더 괴로웠다. 오늘의 행동이 은우에게 얼마나 안 좋은 영향을 주었을까? 만약 다른 집에서 태어났으면 더 잘 크지 않았을까? 나는 왜 아직도 이렇게 부족한 엄마인 걸까? 매일 밤 자책하는 시간이 길어졌다. 그럴수록 밤마다 관련 책과 영상을 더 찾아보고, 아는 것만 더 많아지는 악순환이 계속되었다.

그 후에도 은우를 키우면서 고비가 끊이지 않았다. '지금 이 시기만 지나면 괜찮아질 거야'를 몇 번이나 되뇌었지만 발달 과업마다 새로운 도전 과제를 마주했다. 육아는 경력과 연차가 쌓이지 않는, 매번 초보 딱지를 뗄 수 없는 영역이었다. 그때마다 좌절하고 힘들어했다. 다시 예전으로 돌아가 밤마다 괴로워하는 나를 만날 수 있다면 귀띔해 주고 싶다. 은우는 잘 크고 있으니 너무 조급해하거나 불안해하지 말라고.

"희영아, 육아서를 들여다보지 말고 아이를 바라봐. 은우에게 답이 있어."

## 내 아이는 왜 이렇게 느릴까

"은우는 몇 개월이에요? 다른 아이들보다 키가 큰 것 같아요! 잘 먹나 봐요!"

"아, 네. 은우는 16개월이에요. 아직 걷지를 않아서 낮은 연령 수업으로 신청했어요."

"어머! 그렇구나. 어쩐지 제일 의젓하다 싶었어요. 친구가 아니고 오빠였네요."

일주일에 한 번 있는 문화센터 수업, 16개월인 은우는 11~12개월 친구들과 함께 수업을 들었다. 태어난 연도가 달라 따지고 보면 동생들이다. 하지만 15명 중 유일하게 기어서 수업에 참여했다. 다른 친구들, 아니 동생들은 모두 잘 걷다 못해 방방 뛰었다. 은우가 좋아하는 '트니트니'는 아이들에게 인기 많은 체육 놀이 시간이다. 초반에는 낯선 환경에 얼음이 되어 움직이지 않았지만, 3개월 정도 지나니 조금씩 즐기기 시작했다. 걷지만 못할 뿐 열심히 기어서 누구보다 적극적으로 수업에 참여했다. 즐거워하는 은우를 보면서 건강하게 크고 있음에 감사했지만 걱정 또한 많았다.

아이들은 때마다 해내야 하는 발달 과업이 있다. 예를 들면 뒤집거나, 기거나, 앉거나, 서거나, 걷는 등의 행동이다. 은우는 그 모든 과업이 또래보다 느렸다. 중간에 생략하고 넘어간 것도 있다. 신경 쓰이지 않았다면 거짓말이겠지만, 그래도 모든 행동에 예민하게 반응하지 않으려고 노력했다. 100세 시대에 1~2개월 느린 게 뭣이 중요할까? 언젠가 할 때가 되면 잘 해낼 것이라고 믿었다. 그런데 아무리 그래도 걷는 건 너무 느렸다. 요즘은 평균적으로 돌 전후인 12개월쯤에 걷기 시작하고, 빠른 아이는 10개월에도 걷는다고 한다. 그런데 은우는 16개월이 되어도 짚고 일어나려는 행동조차 하지 않았다. 혹시 다리 근육에 문제가 있는 건 아닌지 병원을 찾았으나, 기능상에 아무런 문제가 없다는 답변만 돌아왔다.

그러다가 17개월이 되자 드디어 서기 시작했다. 혼자 서지 못하고 바퀴가 달린 '걸음마 보조기'를 짚고 섰다. 돌 전에 사용하는 장난감인 걸음마 보조기를 은우는 17개월이 되어서야 사용하기 시작했고, 그때부터 트렁크에 꼭 싣고 다니는 외출 필수품이 되었다. 공원에서도, 놀이터에서도, 바닷가에서도 걸음마 보조기와 함께 걸었다. 18개월이 되어도 아직도 혼자 걸을 생각이 없어 보였다. 한참 바깥에 나가는 걸 좋아해 매일 아파트 놀이터로 갔다. 기어서 야외 놀이터를 활보하느라 무릎 보호대가 필수였다.

"어머, 아직도 못 걷는 거예요? 우리 손녀는 얼마나 야무진지 10개월부터 걸었는데! 엄마가 신경 좀 써야겠다. 언제 걸으려고 그래."

자주 만나는 동네 할머니의 오지랖에 괜스레 마음이 상했다. 엄마가 더 신경 써야 한다는 말에 마음이 매우 불편해지고 상처를 받았다. 걸음이 느린 것이 모두 내 탓인 것만 같고, 일을 하느라 무관심했다는 생각에 은우에게 미안해졌다. 워킹맘으로서 일도 육아도 모두 잘하려고 열심히 노력했는데, 왜 뜻대로 되지 않는지 답답했다.

또래와 한참이나 차이 나는 은우에 대해 한마디씩 던지는 것이 부담되기 시작했다. 걸음마 보조기와 함께 등장하면 어디서나 시선이 집중되었다. 개월 수가 훌쩍 지난 장난감을 왜 아직도 쓰는지를 모두 궁금해했다. 게다가 내 눈에도 잘 걷고 뛰는 또래 아이들이 들어왔다. 또래 친구들과 '비교'하기 시작하면서 내 마음이 동요한 것이다. 점점 문화센터 수업에 가는 것도, 놀이터에 나가는 것도 모두 다 싫어졌다.

'왜 은우는 아직도 못 걷는 걸까? 왜 이렇게 또래보다 느릴까?'

## 언젠가는 말이 트이겠지

은우는 태어날 때부터 조용한 아기였다. 조리원에서도 잘 울지 않는 순한 아기라고 했다. 크게 우는 일이 드물어서 키우기에 비교적 수월했다. 늘 방긋방긋 잘 웃었고, 감정 표현이 폭발적이지 않았다. 주변에서는 무던하고 점잖은 '선비' 같은 아이라고 불렀다. 크면서 옹알이도 없었다. 늘 조용히 본인만의 시선으로 집중하며 혼자서도 잘 놀았다. 발달이 조금씩 느리니 말도 느린 것뿐이라고, 목청이 멀쩡한 건 확인이 되었으니 문제없을 거라고 믿으며 기다렸다. 하지만 두 살이 지나 세 살이 되어도 말할 생각이 없어 보였다.

"희영이 너도 말 느렸어. 너 닮아서 느긋한가 보다."

친정 부모님은 나도 말이 한참 늦게 트였다고 하셨다. 그 말에 묘하게 안심이 되었다. 어릴 때 말이 느렸어도 지금은 말을 잘한다. 심지어 학원 강사라는 말하는 직업으로 먹고 살지 않는가? 나를 쏘옥 빼닮은 우리 은우도 느리지만 본인만의 속도로 크고 있음을 믿기로 했다.

그런 믿음과는 다르게 말이 느린 아이를 키우며 고비가 여러 번 찾아왔다. 18개월 전후, 은우의 자아가 자라면서 고집이 생겼다. 본인 생각을 말로 표현하지 못하는 것이 답답했을 것이다. '물 주세요'라는 기본적인 표현도 되지 않으니 얼마나 답답했을까? 순둥이인 줄 알았던 은우는 세 살부터 본격적으로 떼가 늘기 시작했다. 다시 육아가 힘들어지기 시작한 것도 이 무렵이다.

의사 표현이 말로 되지 않자 과격한 행동으로 표현하기 시작했다. 바닥에 뒹굴며 뒤집어지는 건 기본, 손에 잡히는 대로 물건을 던졌다. 그 시기 우리 집 접시는 자주 깨졌고, 유리 조각을 치우느라 화가 치밀어 오르는 날이 많았다. 머리끄덩이도 참 많이 잡혔다. 조그만 애가 손아귀 힘이 어찌나 센지 당할 수가 없다. 엄마 아빠 얼굴에 상처도 많이 냈다. 은우 손톱에 의해 생긴 상처는 아직도 흉터가 꽤 깊다. 남편과 나는 둘 다 안경을 쓰는데, 한 해 동안 안경을 7번이나 새로 장만했다. 덕분에 그해 안경점의 VIP가 되었다.

이미 지난 일이기에 이렇게 웃으며 말하지만, 당시에는 하루하루가 지옥이었다. 끝난 줄 알았던 육아 우울증도 다시 찾아왔다. 이성을 잃고 은우에게 화를 내는 날이 많았다. 그러고 나면 폭력적인 모습이 다 나 때문인 것 같아 더 괴로웠다. 다시 '자격 없는 엄마' 타령을 하며 자책했다. 훈육에 관한 영상을 찾아보고, 행동을 이해하려고 무던히 노력했다. 전문가를 찾아가 상담도 받아보았다. 이런저런 노력을 하며 다시 힘을 내 보지만 언제나 그대로였다. 더 크게 떼를 쓰고 몸으로 감정을 표현했다.

그런 날이 반복될수록 나도 점점 지쳤다. 결국 은우의 어떤 행동에도 반응하지 않게 되었다. 그냥 모든 것을 포기한 사람처럼 의욕을 잃어 갔다.

"오빠, 나 아무래도 정신이 이상해진 것 같아. 나 정신병원에 좀 넣어 주면 안 돼?"

퇴근한 남편을 붙잡고 울부짖었다. 그렇게라도 벗어나고 싶은 마음뿐이었다. 하지만 어떻게 그럴 수 있겠는가? 나는 은우의 하나뿐인 엄마라는 사실을 잊지 않으려고 노력했다. 마음을 굳게 먹고 다시 힘내기를 반복했다. 말이 트이면 괜찮아질 거라 믿으며, 말이 트이도록 최선을 다해 도와주었다. 내가 할 수 있는 최선의 노력을 하고 있음에도 늘 이런 말을 들어야만 했다.

"엄마가 수다쟁이가 되어야 해요."
"계속해서 언어 자극을 줘야 아이가 말이 트이는데 엄마가 너무 점잖다."

주변 사람들은 말이 느린 것을 대부분 엄마 탓으로 돌렸다. 안 그래도 '내가 잘못 키우는 걸까?'라는 죄책감을 베이스로 갖고 있는 초보 맘이었기에, 그런 말의 무게가 더 무겁게 느껴졌다. 집에 CCTV라도 달아 보여 주고 싶은 심정이었다. 내가 얼마나 끊임없이 말을 걸어 주는지 원맨쇼도 이런 원맨쇼가 없을 거다.

아무런 반응을 하지 않는 아이에게 하루 종일 말을 건네는 것이 얼마나 힘든 일인지 겪어 보지 않으면 모를 거다.

"엄마가 말을 하면 '응'이라도 해 줘! 제발!"

모든 노력이 수포라고 생각이 될 때는 은우에게 화도 났다. 도대체 왜 이렇게 클수록 엄마를 힘들게 하는 건지 알 수 없었다. 걸음 떼는 걸 기다려 주는 것도 힘들었는데, 왜 말까지 느린 거냐고! 차마 화를 낼 수 없으니 또 눈물로 삼켰다. 밤마다 검색창에 검색어를 넣으며 불안감만 키워 나갔다.

'말이 늦은 아이, 반응 없는 아이, 발달이 느린 아이.'

병원이나 기관을 찾아도 애매한 답변만 들었다. 호명 반응이나 인지 능력은 모두 우수하니 당장의 치료는 필요하지 않다는 것, 아이의 성향이 느긋하고 무던해 말할 필요성을 못 느낀다는 것, 조금만 더 기다려 보면 말이 트일 수 있다는 것이다. '조금만'의 기적을 믿으며 하염없는 기다림을 반복했다.

# 육아서를 읽으면 읽을수록 더 답답해요. 그래도 읽어야 할까요?

**A. 그럴 때는 육아서가 아닌 다른 분야의 책을 읽어 보세요.**

본문에서 언급한 대로 신생아 시절에 육아서 100 여 권을 읽었다. 현재까지도 꾸준히 읽고 있으니 다 합치면 두 배 정도 되지 않을까 싶다. 그렇다면 육아서를 많이 읽을수록 좋을까? 100여 권은 읽어야 답이 보일까? 내 경험상 전혀 그렇지 않다.

육아서를 처음 접했을 때는 신세계였다. 나만의 고민인 줄 알았던 것을 누군가가 공감해 준다는 것만으로도 마음이 든든했다. 육아서에서 배운 대로 적용하는 것도 재밌었고, 수면 교육이나 식사 습관을 잡는 것에도 도움을 많이 받았다. 하지만 아이에게 자아가 생기고 고집이 세지면서 육아서의 조언들이 먹히지 않았다. 분명히 훈육의 원칙을 배우고 외웠는데, 오히려 하지 말라는 것만 하는 못난 엄마였다. 알고 있는 것을 제대로 실천하지 않는다는 사실에 더 답답했고, 아이에게 나쁜 영향만 끼치는 것 같아 죄책감도 들었다. 그럴수록 육아서를 더 찾았고, 더 많은 것을 익혔으며, 그것들을 매번 어기는 일을 반복했다. 잘하려고 애쓸수록 못난 엄마가 되고 자존감 만 더욱 낮아졌다.

육아서를 읽을수록 답답하기만 하다면 육아서를 당장 끊고 다른 분야의 책을 읽어 보라고 권하고 싶다. 내가 '못난 엄마 콤플렉스'에서 벗어나기 시작한 것은 우연히 접한 경제서 덕분 이었다. 도서관에서 발견한 「엄마의 돈 공부」라는 책이다. 평소라면 그냥 지나쳤겠지만 그날은 나도 모르게 이끌렸다. 어찌나 재밌던지 밤을 새워 다 읽고 본격적으로 경제 공부에 빠지게 되었다. 육아가 아닌 다른 분야에 관심이 생긴 것이다. 누군가의 성공 스토리를 읽는 것이 동기 부여가 되었고, 자연스레 '나'를 성장시키고 싶다는 욕구가 생겼다.자기계발서, 경제경영서를 기반으로 인문학 분야의 책까지 골고루 읽었다. 문학, 역사, 철학을 통해 사고가 확장되었고, 나의 세계관이 넓어짐에 따라 육아에도 힘을 뺄 수 있게 되었다.

육아라는 좁은 시야에 갇혀 있을 때는 그것이 나의 전부였기에 더 힘들었다. 그러나 한 걸음 물러서서 아이를 바라보게 되자 육아의 본질을 깊이 생각할 여유가 생겼다. 무엇이 아이와 나에게 더 나은 선택인지 고민하는 시간을 갖는 것이 중요한데, 이는 육아서만 읽었을 때는 쉽지 않았다. 계속 비교만 되기 때문이다. 오히려 다양한 분야를 접하고 '나'를 성장시킬수록 새로운 세계가 열릴 것이다. 아이는 잘 클 거라고 믿고, 나의 사고를 넓히고 성장시키는 데 에너지를 써 보자!

## 저는 모성애가 부족한 엄마인 것 같아요. 시간이 지나면 괜찮아질까요?

**A. 당연히 괜찮아집니다.**
**사람마다 모성애의 모습이 다른 것뿐이에요.**

'나는 왜 모성애가 없을까?'

육아가 쉽고 행복하기만 한 사람이 어디 있겠냐마는 나는 유난히도 힘들었다. '엄마'는 자식을 위해 물불 가리지 않고 희생하며, 자기 삶보다 자식을 우선시하는 사람이라고 생각했지만 나는 그렇지 않았다. 그저 성실하게 해야 할 일을 했을 뿐이다. 기본적인 의식주를 채워 주는 돌봄만 의무적으로 했다. 아이를 보면서 소름 끼치게 예쁘다거나, 내 전부를 다 바칠 만큼 사랑한다는 생각도 들지 않았다. 시간이 지날수록 왜 그런지 의아했고, 모성애가 없는 엄마라는 생각에 괴롭기도 했다. 과연 시간이 지나면 모성애가 생길까?

결론부터 말하자면 자연스럽게 생긴다. 지금은 그런 고민이 무색할 만큼 아이를 사랑하는 마음이 깊어졌다. 언제부터 이렇게 되었는지 되돌아보니, 은우의 말이 트이기 시작하면서부터였다. 나는 감정 교류와 사랑 표현이 중요한 사람이라, 눈을 맞추고 대화를 주고 받으면서 점점 더 아이에 대한 사랑이 커져 감을 느꼈다. 모성애는 타고나는 것이 아니라 서서히 스며드는 것임을 알게 되었다. 사람마다 성향이 다르듯이 각자만의 속도와 방식으로 사랑을 키워 가고 있는 것이다. 그때의 나와 같은 고민을 하는 초보 맘이 있다면 다음의 네 가지 조언을 하고 싶다.

첫째, 남들과 비교하지 말자. 이상적인 엄마의 모습을 그려 놓고 나와 다르다고 생각하면 본인만 힘들다. 법으로 정해진 엄마의 역할이나 모성애의 기준은 없다. 성실하게 돌보는 것만으로도 잘하고 있는 것이니 스스로 칭찬하자.

둘째, 자기 자신을 알자. 육아가 힘들다고 괴로워하기보다 '나는 어떤 사람인가'에 대해 고민 하는 시간이 필요하다. 나는 심리학 관련 책을 읽으며 내면 아이를 발견했고, 이를 통해 육아가 어려운 원인을 찾고 나를 더 이해하게 되었다.

셋째, 주변에 적극적으로 도움을 청하자. 친정엄마와 남편에게 내 상황을 솔직하게 이야기하고 도움을 청했다. 몇 시간만이라도 육아를 맡기고 혼자만의 시간을 보내는 것이 큰 도움이 되었다. 가족이 도와주지 못하는 상황이라면 전문가의 도움을 받는 것도 방법이다. 요즘은 맞춤형 돌봄 서비스가 잘 되어 있으니, 단 한 시간이라도 육아에서 벗어나 보자.

넷째, 육아를 너무 잘하려고 애쓰지 말자. 육아에 대한 관심이 없었다면 고민 조차 없었을 것이다. 나는 누구보다 잘 키우고 싶다는 욕심으로 모성애를 운운하며 괴로워했다. 그러나 때로는 완벽한 부모가 되려는 압박이 오히려 부담이 될 수 있다. 너무 자신을 몰아붙이지 말고 자연스럽게 부모 역할을 받아들이자.

모성애는 서서히 자랄 수 있다. 자신을 몰아붙이는 대신, 스스로 격려하며 육아의 길을 한 걸음씩 나아가자. 결국, 사랑은 자연스럽게 자리를 잡게 될 것이다.

# <엄마의 내면 공부 및 자존감 관련 추천 도서>

*Recommended Books*

**「회복탄력성」**

김주환, 위즈덤하우스

"인생의 시련 앞에서 좌절하지 않고
다시 일어 서는 힘!"

'회복탄력성'은 고난을 극복하고 원래 상태로 돌아가는 힘을 의미한다. 은우에게 가장 가르쳐 주고 싶은 능력이다. 인생에서 마주하는 크고 작은 고난에도 오뚝이처럼 다시 일어나는 힘을 길러 주고 싶다. 이를 위해 엄마인 내가 먼저 내면이 단단한 어른이 되어야 한다. 이 책은 운동으로 근육을 키우듯 마음 근력 또한 키울 수 있다고 설명한다. 구체적인 훈련 방법과 사례를 통해 회복탄력성을 어떻게 기를 수 있는지 알려 준다. 불행과 역경 속에서도 다시 일어서는 내면의 힘을 기르고 싶은 이들에게 이 책을 추천한다.

「하마터면 완벽한 엄마가되려고 노력할 뻔했다」

윤옥희, 메이트북스

"엄마가 행복해야 아이도 행복하다."

현대 사회에서 많은 엄마가 '완벽한 엄마'라는 압박감으로 자기 자신을 힘들게 한다. 나 역시 그랬다. 하지만 이 책은 그런 부담감을 내려놓아도 된다는 중요한 메시지를 전한다. 엄마가 자기 자신을 돌보는 것은 결코 이기적인 일이 아니며, 엄마가 먼저 행복하고 자신을 사랑해야 아이도 진정으로 행복해질 수 있다. 아이를 위해 덜 애써도 된다는 가르침은 엄마들에게 큰 위로가 될 것이다.

「엄마의 첫 심리 공부」

강현식, 유노북스

"엄마가 심리학을 알면 비로소 달라지는 것들."

많은 엄마가 자녀와의 관계, 부부 관계, 그리고 자신과의 관계에서 어려움을 겪는다. 이 책은 이러한 문제를 해결하는 데 도움을 주는 심리학 이론을 소개하고, 여러 관계 속에서 자신을 이해하는 데 필요한 통찰을 제공한다. 나도 이 책을 통해서 내 안에 숨어 있던 '내면 아이'를 발견하고 나를 이해하는 시간을 가질 수 있었다. 어렵지 않게 심리학에 접근할 수 있도록 다양한 사례를 담고 있어, 초보자도 부담 없이 '첫 심리 공부' 책으로 삼기 좋다.

# *Chapter. 2*

# 제주에서의 자연 육아

## 육아 스트레스에 부부 위기까지

"너 이 새끼, 집이 이게 뭐야? 누가 이렇게 엉망으로 놀래?"

"미쳤어? 집에 들어오자마자 짜증이야. 밖에서 받은 스트레스를 왜 애한테 풀어?"

"회사에서 힘들게 일하고 왔는데 집에 와도 편하지가 않잖아. 이 정도 말도 못 해?"

"뭐? 오빠만 일해? 나도 나가서 일하고 돈 벌어. 나가서 일하면 집에 들어와서 짜증 내도 되는 거야?"

구석구석 은우의 놀이 흔적이 묻어나는 집 안을 보며 남편은 들어오자마자 짜증을 부렸다. 하루 종일 떨어져 있다가 저녁에만 잠깐 보는 가족에게 왜 저러는지 이해할 수가 없었다. 더구나 엄마 아빠 없이 하루를 보냈을 생각에 미안한 마음이 가득한데, 18개월밖에 안 된 아이에게 열심히 놀았다고 화를 내는 꼴을 보니 나도 화가 치밀었다.

몇 마디 주고받았을 뿐인데 이내 감정싸움으로 번졌다. 엄마 아빠가 싸우는 모습을 보여 주고 싶지 않았는데 점점 싸움닭으로 만드는 남편에게 더 화가 났다. 직장 일도, 집안일도, 육아도 그 어느 것 하나 마음처럼 되지 않아 답답한데 왜 힘을 합쳐야 할 남편까지 힘듦을 보태느냐는 말이다. 연애 시절 남편과 결혼하기로 결심한 이유는 단 하나, 늘 다정 다감하고 자상한 성격이었기 때문이다. 감정 변화가 크고 자주 욱하는 나와 달리 남편은 늘 평온했다. 화를 잘 내는 편도 아닐뿐더러 상대방을 먼저 이해하고 배려해 주는 성품이라 배울 점이 많았다. 이 사람과 살면 감정이 크게 오르락내리락하지 않고 늘 잔잔할 것 같았다.

그랬던 우리 부부가 이제는 누가 누가 더 상처 주는 말을 하는지 연구하는 사람으로 변했다. 작은 일에도 가시가 돋고, 작은 말에도 화를 내며, 서로의 말을 좀처럼 들어 주지 않았다. 왜 이렇게 됐을까?

"나 회사 못 다니겠어. 너무 힘들어."

벌써 여섯 번째다. 아니, 일곱 번째인가? 연애 시절과 결혼 생활을 합쳐서 6년 차, 그동안 남편의 이직 횟수다. 남편은 일 년마다 회사가 힘들다고 퇴사와 이직을 반복했다. 처음엔 그 부분에 대해 크게 관여하지 않았다. 힘들면 그만두라고, 돈은 내가 벌면 된다고 남편을 응원해 주었다. 남편의 성실함과 책임감을 믿었고 나의 능력과 경제력에 자신이 있으니, 돈은 누가 벌든 상관없다고 생각했기 때문이다. 아이가 생기면 달라질 거라고 생각했는데 그렇지 않았다. 입덧으로 밤새 구토하느라 눈에 핏줄이 터진 상태로 출근할 때도 남편은 퇴사 이야기를 꺼냈다. 출산 8개월 차, 아직 모유가 마르지 않아 띵띵 부은

가슴에 패드를 덧대고 복직을 준비할 때도 남편은 퇴사 이야기를 또 꺼냈다.

'이번이 진짜 마지막'이라는 약속에 또 한 번 속으며, 마음속의 진짜 마지막 기회를 주었다. 그로부터 10개월 후, 남편은 또 똑같은 레퍼토리로 말을 꺼내려고 했다. 혹시나 했던 마음이 역시나 하는 실망으로 돌아왔다.

"희영아, 이번이 진짜 마지막이야. 한 번만 더 믿어 줘. 지금 회사에서 나 죽을 것 같아."

"오빠, 오빠는 내가 가만히 있으니까 우스워? 지금 뭐 하자는 거야? 마지막이라면서 도대체 몇 번째냐고!"

"…."

"더 이상 퇴사는 안 돼. 그러니까 그냥 참고 다녀. 오빠만 힘든 거 아니야. 나도 힘들고, 세상 사람 다 힘들어. 그래도 그냥 버티는 거야. 그러니 오빠도 그냥 버텨."

남편의 힘듦에 공감해 주지 않은 것이 처음이었다. 나는 무서울 만큼 단호했고 남편은 당황했다. 잠깐 동안 침묵이 흐르고, 우리 부부는 입을 닫았다. 그날부터 남편이 이상해졌다. 밤에 잠을 못 자고 식사량도 현저하게 줄더니, 3개월 만에 20kg 넘게 살이 빠졌다. 체력적으로 힘드니 눈에 띄게 예민해지고 화가 늘었다. 별것 아닌 일로 가족에게 짜증을 내고 한숨을 푹푹 내쉬곤

했다. 그런 모습이 걱정되다가 이내 꼴도 보기가 싫어졌다.

한 직장을 오래 다녔던 내 눈에 매년 이직하는 남편이 좋아 보일 리 없었다. 책임감이 없고 나약한 사람으로 보였다. 아무리 철이 없는 사람도 처자식이 생기면 달라진다던데, 남편은 왜 반대가 되는 걸까? 매번 1년도 못 채우고 퇴사하니 퇴직금이 쌓이지 않고, 나이가 애매하게 많으니 신입사원 채용도 안 되고, 경력직으로 들어가지만 연봉과 대우는 늘 그대로였다. 거기에 새로운 회사에 적응하며 일을 배우느라 퇴근 시간이 늘 늦고 연차도 마음대로 쓸 수 없었다. 그러다가 익숙해질 만하면 또 퇴사하기를 반복했다.

결혼의 이유였던 남편의 자상한 성격이 까칠하게 변하니 더는 함께할 이유가 없다는 생각이 들기 시작했다. 나를 좀 더 좋은 사람으로 만들어 줄 사람이라고 생각했는데, 더 안 좋게 만드는 것 같아 실망스러웠다. 매일 감정싸움을 하다 보니 내 성격도 어둡게 변해 갔다. 그 스트레스가 육아에 영향을 미쳐 별것 아닌 일에도 부정적인 감정이 배가되었다. 무엇보다도 가장 절망스러웠던 건 어제도 오늘도 내일도 변하지 않는 현실이었다. 나 역시 한계가 왔음이 분명했다.

오래 고민한 끝에 남편 몰래 이혼에 대해 알아보았다. 관련 서류를 준비하고 양육권과 양육비에 대해 알아보았다. 재산이라고 해 봐야 집과 차가 전부이니 논할 게 별로 없었고, 이혼 후의 거처 문제도 계획했다. 은우를 친정 부모님에게 맡기고 일을 할 수 있는 환경이라 그나마 다행이었다. 이혼 후에는 면접 교섭권으로 아빠와의 시간을 보낼 수 있게 하면서 빈자리를 그나마 덜 느끼게 해야겠다 싶었다.

이제 막 18개월 된 은우가 놀이를 멈추고 가만히 다가왔다. 걱정스러운 표정으로 엄마의 심각한 얼굴을 살피더니 해맑게 웃어 주었다. 마치 엄마도 따라 웃으라는 듯이 오랫동안 미소를 건넸다. 그 모습에 담담한 척했던 마음이 무너졌다. 세상에서 제일 행복한 아이로 키우고 싶었건만 약속을 못 지키는 게 미안했다. 자꾸만 무너지는 마음을 들키고 싶지 않아 나도 애써 웃었다. 어둡기만 했던 엄마의 얼굴에 미소가 띠니 안심하고 놀이방으로 돌아가 다시 놀기 시작했다.

'불쌍한 내 인생, 30대 초반에 이혼이라니…. 내가 이러려고 그동안 열심히 살았나.'

은우에 대한 미안함의 끝은 연민이 되어 다시 나를 향했다. 그렇다. 나는 사실 내가 더 불쌍했다. 나 혼자서 잘 키울 수 있을지 겁이 났다. 하지만 시간이 지체되면 더 힘들어질 테니 마음 약해지지 말아야겠다고 생각하며 오늘 밤에 꼭 담판을 지으리라 다짐했다.

"오빠, 할 말이 있으니까 자지 말고 기다려. 애 금방 재우고 나올게."

"뭔데?"

"이따 얘기하자고!"

## 이혼하자는 말 대신 튀어나온 말

"나 이대로는 못 살겠어. 오빠랑 더 살다가는 나까지 미쳐 버릴 것 같아."

"그래서 뭐 어쩌자고? 하고 싶은 말이 뭔데?"

"오빠는 지금 우리 관계가 회복될 수 있을 거라고 생각해?"

"…."

잠시 할 말을 골랐다. 최대한 덤덤하게 연습한 대로 이야기를 해야 한다.

"우리…."

"뭐, 말해."

"우리 이렇게 사느니 여행이나 가자. 제주도라도 가서 좀 쉬다 오자."

"뭐?"

이혼 대신 제주라니? 갑자기 튀어나온 뜻밖의 전개에 나도 남편도 당황했다. 방금까지 싸우자고 덤비더니 갑자기 여행을 가자는 생뚱맞은 말은 어디에서 나왔을까? 그 당시 나는 '여행 에세이'를 많이 읽었다. 낯선 나라, 이름 모를 도시, 그곳의 별것 아닌 풍경을 담은 글을 매일 읽고 또 읽었다. 여행길에 오른 사람들은 모두 설렘이 가득했고, 그곳에서 만나는 소소한 일상에서 의미를 찾았으며, 돌아와서는 여행의 추억으로 다시 한번 행복해했다. 읽는 사람까지도 행복과 설렘을 느끼게 해 주는 글에 나도 모르게 빠져 있었다.

여행 에세이를 읽으면서 여행이라도 다녀오면 지금의 상황이 달라질지도 모른다고 생각했던 것 같다. 어쩌면 여행이 많은 것을 해결해 줄지 모른다는 희망을 품었던 건지도 모르겠다. 이혼하더라도 버킷 리스트 1위인 '제주 한 달 살기'를 해 보고 끝내자는 생각이었을까? 아니면 현실에서 벗어나 여유를 갖고 관계를 회복하고자 하는 마음이었을까? 어쨌든 나의 무의식은 이혼이라는 말 대신 '제주'라는 단어를 입 밖으로 꺼냈다. 갑작스러운 나의 제안에 남편은 잠시 고민하더니 '그러자'라는 답변과 함께 묵혀 둔 이야기를 시작했다.

"나 사실 병원에 갔어."

"병원? 무슨 병원?"

"정신과. 너무 힘들어서 가 봤더니 공황장애랑 우울장애래. 그래서 내가 요즘 이상했나 봐."

"뭐? 공황장애?"

"회사에서 업무할 때 가슴이 답답해서 숨이 안 쉬어지더라고. 죽을 만큼 괴로웠는데 원인을 몰라 답답했어. 그런 상태로 일을 하니 실수가 많이 생기고, 그 실수 처리하느라 퇴근이 매일 늦어지고, 그게 악순환되면서 힘들었어."

“왜 진작 말 안 했어? 그런 얘기는 안 했잖아? ”

“너도 회사랑 육아랑 둘 다 해내느라 고생하는 거 뻔히 아는데, 나만 힘들다고 징징거리는 것 같아 미안해서 말 못 했지. 매일 싸우느라 말할 타이밍을 놓치기도 했고.”

아무 말도 할 수 없었다. 공황장애는 TV 속 연예인들 이야기인 줄만 알았는데 가장 가까운 가족이 그런 고통을 겪고 있는 줄은 몰랐다. 그 힘듦을 혼자서 참아 냈을 남편이 안쓰럽고, 힘든 척 좀 그만하라고 다그친 것이 미안했다. 그날부터 남편을 이해하려고 노력했다. 평범한 스트레스 상황도 남편에게는 공황 증상을 불러올 만큼 심한 압박으로 다가온다는 것을 본인도 몰랐다고 했다. 그것을 억누르고 살아보려 했으나 쉽지 않았고, 그런 상황에서 처자식이 생기니 책임감이 더 늘어나 중압감이 심해졌다고 한다. 그래서 남들은 다 버틴다는 회사 생활이 지옥 같아서 잦은 이직으로 현실 도피를 시도했지만 쉽지 않았던 것이다.

그동안 모질게 몰아붙였던 것에 대한 미안함에 함께 병원 치료를 다녔고, 둘만의 시간에 대화를 많이 하려고 노력했다. 그러는 사이 제주살이 준비도 척척 진행되었다. 휴직이 불가능한 직장이라 부부가 같은 날 동시에 사표를 냈다. 그동안은 3박 4일 시간 맞추기도 힘들어서 여행이 힘들었는데, 사표까지 쓰는 마당에 한 달만 다녀오는 것이 아쉬워 ‘제주 100일 살기’를 하기로 결정했다. 대기를 걸어 둔 어린이집도 취소했다. 제주도 숙소와 비행기표, 차를 보낼 배편까지 예약을 모두 마쳤다. 수입이 끊길 3개월간의 생활비를 위해 마이너스 통장 두 개까지 든든하게 준비해 두었다.

"정말 괜찮을까? 한참 돈 벌어야 하는 애 키우는 30대 부부가 다 때려치우고 무턱대고 제주도에 가서 100일 동안 산다는 게 말이 되나? 다녀와서 다시 취직 못 하면 어떡해?"

"오빠, 앞으로 의학이 발전하면 백 살 넘게 산다는데 100년 중 100일 쉰다고 어떻게 되겠어? 걱정하지 마. 우선은 재밌게 놀다 오는 걸로 하자!"

다시 긍정적이고 밝은 나로 돌아가 남편을 안심시켰다. 이왕 벌어진 일 현실적인 걱정을 다 잊고 우선은 재미있게 놀다 오자고 다독였다. 우리 가족은 설렘 반 걱정 반, 복잡 오묘한 마음을 안고 제주로 떠났다. 하지만 아직 못다 한 마음속 한마디가 있었다.

'오빠, 나 지금 이혼하기 싫어서 발버둥 치는 거야. 이혼보다는 퇴사가 낫지 않겠어?'

## 노을 진 하늘에서 발견한 행복

MBTI 검사를 해 보면 J가 99%인 나는 계획 세우기를 좋아했다. 보통 연, 분기, 월 단위로 계획을 세우고, 하루를 분 단위로 쪼개서 살았다. 계획성이 가장 진하게 묻어나는 순간은 단연 '여행'이었다. 며칠 동안 지도를 들여다보며 여행지 동선을 최적화하고, 이동 시간을 고려해 일정을 채워 넣었다. 동선에 맞게 식당이나 카페 등도 정하는데, 사정이 생길 것을 고려해 플랜 B도 마련했다. A4용지로 뽑아 들고 다니는 모습이 영락없는 여행사 직원이었다. 조금 피곤한 성격이긴 해도 이렇게 해야 마음이 편했다. 하지만 육아는 이런 오랜 습관까지도 바뀌게 만들었다. 아이를 키우는 것은 매번 예상을 빗나가는 일이기 때문이다. 수유 시간, 낮잠 시간, 놀이 시간 등을 계획해도 내 뜻대로 될 리가 없었다. 그런 부분이 처음에는 스트레스였으나 아이에게 맞추어 하루를 보내는 무계획한 삶에 익숙해졌다.

제주살이도 마찬가지였다. '제주에 100일 동안 살러 간다'는 것 말고 그 어떤 것도 계획하지 않았다. 원래의 나였다면 '꼭 가 봐야 할 관광 명소'부터 찾아 리스트업했겠지만 그러지 않았다. 그저 마음이 흐르는 대로 시간을 보내는 것이 좋겠다고 생각했다. 코로나19로 인한 거리 두기, 사람 많은 곳을 불편해하는 은우, 반려견 달콤이의 동반 등 여러 가지 이유가 있었기 때문이다. 게다가 가장 큰 목표는 관광이 아닌 남편의 요양과 관계

회복이었다. 그러니 가족과 함께하는 시간에만 초점을 맞추리라 다짐했다.

핸드폰 알람을 모두 끄고 자는 게 얼마 만인지. 오전 해가 제법 집 안을 다 덮을 즈음 기계음이 아닌 창밖의 새와 풀벌레 소리에 잠에서 깼다. 그러고는 정해진 일정 없이 본능에 따라 오전 시간을 보냈다. 배가 고프면 먹고, 배부르면 집 앞을 산책하고, 졸리면 더 자고, 심심하면 창밖을 보며 멍을 때렸다. 점심을 든든히 먹은 후에는 온 가족이 숲으로 갔다. 나뭇잎 사이사이로 들어오는 햇살을 맞으며 초록의 물결에 눈이 편안해지도록 숲길을 걷고 또 걸었다.

숲에서 나오면 또 계획 없이 차에 몸을 싣고 무작정 달렸다. 우연히 발견한 작은 식당에서 저녁을 먹고, 눈길이 머무는 곳에 차를 세워 텀블러에 담아 온 믹스커피를 마셨다. 해가 질 즈음에는 무조건 서쪽 바다로 향했다. 유명한 해수욕장이 아닌 아무도 없는 동네의 작은 포구나 해변가를 찾았다. 이제 은우는 자동차 장난감으로 놀이를 시작하고, 우리는 릴렉스 체어를 펴고 앉아 풍경을 감상하는 시간이다.

어느새 하늘이 핑크빛으로 물들었다. 그 풍경이 황홀해 카메라를 꺼낼 생각도 못 한 채 눈에 담느라 바쁘다. 바다까지도 주황빛으로 물들면 나도 모르게 코끝이 간질거렸다. 울컥 솟는 눈물을 참느라 잠시 다른 곳을 쳐다보는데, 바로 옆에서 남편도 나와 비슷한 표정을 하고 있었다. 울컥 눈물이 나는 이 감정은 뭘까? 얼마 전까지만 해도 원망으로 가득 찬 남편에 대한 연민, 그동안 앞만 보고 달려온 삶에 대한 아쉬움, 이제서야 아이의 크는 모습을 보게 된 것에 대한 미안함 등 다양한 감정이 뒤섞였다.

"오빠, 지금 행복해?"

"그럼! 많이 행복하지. 무엇보다도 은우가 좋아하니 제주에 잘 왔다 싶네."

"오빠, 행복 참 별거 아니다. 나는 열심히 일해서 회사에서 인정받고, 돈 많이 벌어서 좋은 집으로 이사 가고, 화려하고 유명한 곳으로 여행 다니고. 그렇게 사는 게 행복인 줄 알았어. 그런데 진짜 행복은 그런 게 아니었어. 이제야 진정한 행복이 뭔지 느끼게 되는 것 같아."

"그래? 지금 느끼는 행복은 뭔데?"

"배고프면 먹고, 졸리면 자고, 행복하면 웃는 것. 해가 떠 있을 때 예쁜 길을 걷고, 하늘이 물들면 고개를 들어 올려다보는 것. 이런 게 진짜 행복이었어. 그동안 뭐가 그리 바쁘다고 이렇게 쉬운 것도 못 하고 살았을까? 나는 30년 넘게 살면서 본 하늘보다 제주에 한 달 있으면서 본 하늘이 더 많아. 그런데 그때마다 하늘의 빛깔과 표정이 모두 다 다르더라고. 매번 다르면서도 묘한 행복감이 들어. 행복은 참 가까운 곳에 있었다. 그지?"

감상에 젖어 있는 나의 눈망울에 행복해하는 은우의 모습이 가득 담겼다. 푸른 바다와 붉은 하늘을 배경으로 모래에서 뒹구느라 정신이 없는 모습이다. 예전 같았으면 질색하던 모래 놀이에 정신이 팔려 있다. 키즈카페에서는 단 한 번도 웃지 않던 아이가 돌멩이와 조개껍데기, 나무 막대기 등을 주워 모으며 행복한 미소를 가득 띠고 있다. 어딜 가나 예민한 아이였는데 자연 속에서는 한결 편안한 모습이었다. 나 역시도 마음이 편안해졌다.

## 숲에서 크는 아이

"은우야! 엄마 바로 앞에 있잖아. 용기 내서 한 발 내디뎌 봐! 엄마가 안아 줄게."

"…."

"아니 무슨 신발에 본드 칠이라도 해 놨니? "

처음 밟아 보는 흙의 질감이 싫은 건지 낯선 장소라서 긴장한 건지, 내려놓은 자리에서 한 걸음도 떼지 않았다. 불과 몇 걸음 앞에서 양팔을 크게 벌리고 앉아 환한 얼굴로 은우를 불렀다. 그런 엄마와 팽팽한 기 싸움을 하며 꼼짝하지 않은 채 팔을 더 크게 벌리고 안아 달라고 성화였다. 그러다가 이내 눈까지 질끈 감았다. 숲을 벗어날 때까지 한 번 감은 눈은 떠지지 않았다. 갑자기 들어온 낯선 풍경, 초록의 향연이 불편한 모양이다. 광활한 자연을 접할 때마다 은우는 지금처럼 불편함을 온몸으로 표현했다.

그럼에도 매일 숲으로 향했다. 먼저 산책로가 잘 깔린 휴양림을 찾아 유모차에 태워 한참을 걸었다. 처음에는 쳐다보는 것도 거부하더니 서서히 편안함을 느끼기 시작했고, 가끔은 내려서 한 걸음씩 떼 보기도 했다. 그런 모습이 답답했던 적도 있지만 조바심을 낸다고 해결될 일이 아님을 알기에 재촉하지 않았다. 은우만의 속도로 숲에 서서히 물들 시간을 천천히 기다려 주기로 했다.

숲 산책이 익숙해지자 유아용 등산 캐리어를 장만했다. 은우를 등에 태우고 더 깊은 숲에 다니기 위해서였다. 10kg이 넘는 아이를 업고 산행하는 것은 만만치 않았지만, 남편은 힘든 수고를 마다하지 않았다. 덕분에 아빠의 거친 호흡을 함께 느끼며 숲과 더 가까워질 수 있었다. 미끄러운 흙길 걷기를 두려워하던 아이가 기어서라도 흙을 만지고 뒹굴었다. 비가 온 뒤의 질펀한 진흙도 좋은 놀잇감이 되었다. 예쁜 꼬까옷이 흙투성이가 되기까지는 그리 오래 걸리지 않았다.

숲속 도서관을 만나기라도 하면 은우가 먼저 달려가 책을 한 권 꺼내 왔다. 찜통 무더위에도 시원한 바람이 불어오는 나무 그늘 아래의 평상을 찾았다. 순서대로 나란히 누워 책을 높이 치켜들고 한 줄씩 번갈아 가며 읽어 주었다. 땀을 식히다가 그만 노곤해져서 까무룩 낮잠이 들기도 했다. 재촉하지 않는 자연의 시간에 어느새 은우도 익숙해지고 얼마 지나지 않아 숲을 즐기는 아이가 되었다.

제주의 숲에서는 여러 동물 친구를 만날 수 있다. 오름을 오르다가 풀을 뜯는 말이나 소를 자주 만났다. 숲길을 힘차게 달리는 흑염소 떼를 만난 적도 있다. 근처에 자리를 잡고 앉아 한참 동안 동물 친구들과 교감을 나누었다. 깊은 곶자왈 숲을 걷다 보면 부스슥거리는 소리와 함께 잽싸게 도망가는 노루 친구도 만날 수 있다. 좁은 우리에 갇히지 않은 자유로운 동물들의 모습이 은우에게는 생생한 교육이 되었을 것이다. 동물 친구들과 함께 잘 살기 위해 자연을 지키고 환경을 보호하는 방법에 관해 이야기를 나누곤 했다.

뭐니 뭐니 해도 은우의 호기심을 자극하는 건 곤충 친구들이었다. 숲에서 만난 온갖 곤충 친구들을 만져 보고 싶어 했다. 잠자리도 잡아 본 적 없는 엄마 대신 아빠가 나섰다. 얼마 후, 나는 구분하기도 어려운 장수풍뎅이와 사슴벌레를 척척 구분했다. 메뚜기와 방아깨비는 뭐가 다른 건지 나는 아직도 모르겠다. 줄지어 가는 개미를 발견한 날이면 그 자리에 두 시간은 꼼짝 없이 묶여 있어야 했다. 개미는 은우가 가장 좋아하는 곤충 친구이기 때문이다. 그러던 어느 날 남편이 소스라치게 놀라며 우리를 불렀다.

"은우야! 희영아! 저기 좀 봐! 빨리빨리!"

"와, 대박…. 저거 뭐야?"

뭐 그리 대단한 게 있다고 성화인지, 몇 시간을 걷느라 지쳐 있던 나는 별 기대를 하지 않고 고개를 돌렸다. 반딧불이다. 반딧불이가 정말 실존하는 곤충이었다니! 내가 제일 좋아하는 영화 <클래식>의 한 장면이 떠올랐다. 손예진, 조승우가 함께 걷던 그 아름다운 장면, CG라고만 생각했던 그 풍경이 내 앞에 펼쳐지고 있었다. 영화 같은 풍경에서 살고 있음을 새삼 실감하는 순간이었다.

## 계획대로 되지 않는 여행

"은우야, 제발 좀 들어가자. 벌써 한 시간이 넘었잖아."

이웃이 추천해 준 사려니 숲에 왔다. 동네에서만 조용히 지내다가 오랜만에 온 여행지이기도 하고, 집에서 한 시간 넘게 걸리는 곳이라 큰맘 먹고 여행 기분을 내며 왔다. 아무리 계획대로 되지 않는 아이와의 여행이라지만, 입장도 못 하고 입구에만 붙잡혀 있게 될 줄은 몰랐다. 은우는 입장도 하기 전에 입구에 있는 차단봉에 꽂혔다. 차단봉 밑을 수차례 왔다 갔다 하며 관찰하고 이곳저곳 만져 보느라 정신이 없었다. 차가 다니지 않는 길이라 위험하지 않아 어느 정도 호기심이 해결되면 그만하리라 믿고 놀게 두었다. 차단봉 관찰을 끝내더니 이번에는 아예 자리를 잡고 앉아 흙을 파기 시작했다. 개미를 따라 같이 기어가고, 굴러다니는 나뭇잎을 모으고, 돌멩이도 하나씩 주웠다.

도착 두 시간째, 억지로 안고 들어가려고 하니 몸을 뻗치며 발악했다. 아빠 품을 벗어나 다시 입구 차단봉 쪽으로 달려가더니 다시 하던 놀이를 했다. 그사이 우리와 함께 도착했던 사람들이 산책을 끝내고 나왔다. 지친 내 표정에서 대충 분위기를 알아채고는 안에 들어가면 더 예쁘다고 말을 건네 주거나 손을 잡고 끌어 주기도 했다. 그래도 은우는 요지부동으로 차단봉 밑에만 앉아 있었다. 더운 날씨에 아이의 고집까지 더해지니 점점 인내심에 한계가 오는 것이 느껴졌다.

주변을 둘러보니 젊은 커플도 많이 보였다. 하늘하늘한 원피스에 멋스러운 선글라스, 어깨에는 작은 크로스백 하나만 걸친 가벼운 발걸음이었다. 갑자기 괜히 서글퍼졌다. 그에 반해 나는 정수리까지 질끈 묶은 똥머리에 눌러쓴 썬캡, 기저귀와 은우 간식으로 가득 찬 배낭, 위아래로 헐렁헐렁 편안한 운동복 차림이었다. 영락없이 등산하는 아줌마 같다.

'그래, 나 아줌마 맞지….'

'아니, 아줌마고 자시고 좀 들어가자고!'

갑자기 화살이 은우에게 향했다. 나는 대충 입어도 은우는 예쁜 꼬까옷을 입혔다. 예쁜 사진을 찍으려고 신경 썼는데, 이미 바닥을 뒹구느라 흙범벅이 되었다. 그게 뭐라고 더 화가 났다.

"아오, 됐어! 안 들어갈 거면 그냥 집에 가자. 김은우! 일어나!"

거칠게 손을 끌고 주차장으로 향했다. 아이는 갑작스러운 엄마의 서슬에 놀라 울기 시작했다. 가까스로 손을 뿌리치더니 다시 차단봉으로 달려가 엄마의 소란에 망가진 돌멩이와 나뭇잎들을 다시 주워 모았다. 도대체 저게 뭐라고 고집인지 한 번 더 잡아끌려고 하는데 남편이 말렸다. 시원한 그늘에 가서 쉬고 있으면 잘 달래서 데리고 오겠단다. 머리끝까지 오른 화와 서러움이 쉽게 풀리지 않아 씩씩거리며 주차장 쪽으로 향했다. 노상에서 파는 냉커피 한 잔을 벌컥벌컥 마시며 잠시 땀을 식혔다. 내가 왜 이렇게 화가 났는지 가만히 생각해 보았다.

사려니 숲에 온 이유가 뭐지? 사려니 숲을 안 보면 큰일 날 일이라도 있나? 멋진 사진 남기는 게 그렇게 중요한가? 제주 여행을 누구한테 자랑하러 왔나? 아니다. 나는 그저 우리 가족끼리 즐거운 시간을 보내기 위해 왔다. 특히 은우가 즐겁다면 더할 나위 없이 좋다. 은우는 본인의 놀이에 완벽하게 집중하며 재밌게 놀고 있다. 24개월도 안 된 아이가 두 시간 넘게 혼자서 놀이에 심취해 있는데 그만큼 즐겁다는 뜻이 아닐까? 나는 그 시간 동안 한 가지 일에 집중한 적이 몇 번이나 된다고 은우의 몰입을 우습게 생각했을까?

'내가 화낼 이유가 없구나. 몰입을 방해하지 않고 지켜보면 되는데.'

미안한 마음이 들었다. 쭈뼛쭈뼛 다시 돌아가 화낸 것을 사과하고 포옹을 나누었다. 그리고 조금 떨어진 곳에 자리를 잡고 나도 철퍼덕 앉았다. 입구에서도 충분히 숲의 향기를 느낄 수 있다는 것을 두 시간이 지나서야 알게 되었다. 그 풍경 속에서 은우의 놀이를 진심으로 응원하며 바라봐 주었다. 아이는 이제야 마음이 놓인다는 듯 더 신나게 놀이를 이어 갔고, 이내 꺄르르 웃음소리가 들려왔다.

결국 그날 우리는 사려니 숲에 입장하지 못했다. '마감 시간' 이라는 방송과 주변을 정리하는 직원들을 보자 은우 스스로 자리를 털고 일어났다. 해가 질 즈음에야 드디어 입구 차단봉에서 벗어날 수 있었다.

"은우야, 오늘 재밌었어? 나중에 여기 또 올까?"

엄마의 물음이 끝나기도 전에 차에 타자마자 잠이 들었다. 잠을 참아가면서 놀았다는 건 정말로 재미있었다는 뜻 아닐까? 이날 이후 사려니 숲은 우리 가족에게 차단봉 맛집으로 기억되었다.

## 바다에서 만난 아이들

"오늘은 어디로 갈까?"

"글쎄, 우선 나가 보지 뭐."

아이와의 여행이 뜻대로 되지 않음을 알게 된 후 더더욱 계획을 세우지 않았다. 화려한 관광지가 아니어도 그날그날 우리 가족의 눈에 들어온 곳이 목적지이자 여행지였다. 날씨가 더워지면서 자주 가는 곳은 단연 바다다. 삽과 양동이만 있으면 하루 종일 놀 수 있는 가성비 좋은 놀이 공간이기 때문이다. 언제든 바다에 자리를 잡고 놀 수 있도록 파라솔과 돗자리 등을 챙겨서 다녔다.

별다른 일정 없이 집을 나선 날은 자연스레 우리의 아지트인 '화순금모래해변'으로 향했다. 올레길 코스를 걷다가 길을 헤매면서 발견한 곳인데 유명한 곳이 아니라 아는 사람이 많지 않았다. 산방산을 배경으로 펼쳐진 해변은 모래가 부드럽고 곱다. 용수천이 계곡처럼 흐르면서 여러 개의 웅덩이가 자연스레 형성되어 있다. 은우만 한 어린아이들이 엉덩이만 담그고 놀기에 안성맞춤이다. 제일 구석 적당한 곳에 파라솔로 그늘을 만들고 돗자리를 깔아 장난감을 풀어 주었다. 은우는 각종 장비를 집어 들고 해변 곳곳으로 탐험을 떠났다. 가끔 엄마 아빠 쪽으로 고개를 돌릴 뿐 혼자 씩씩하게 잘 다녔다. 적당한 곳에 앉아 모래성을 쌓기에 집중하기 시작했다. 햇살에 부딪혀 반짝거리는 윤슬 사이로 보이는 은우의 모습은 그 어떤 풍경보다 아름다웠다.

"오늘은 몇 시까지 놀려나?"

"글쎄, 어제처럼 저녁 시간은 무조건 넘길 것 같은데."

"그럴 줄 알고 간식 싸 왔어. 과일이나 먹자."

오후 4시쯤, 조용하던 해변이 갑자기 소란스러워졌다. 중학생으로 보이는 남학생 대여섯 명이 전속력으로 뛰어왔다. 교복 셔츠를 벗고 바지를 허벅다리까지 걷어 올리며 냅다 농구공을 물속으로 집어 던졌다. 발목까지 바닷물이 찰랑거리는 모래 위에서 농구 시합이 시작되었다. 농구인지 몸싸움인지 모를 난장 놀이를 하며 솜털 수염이 거뭇거뭇한 남학생들이 꺄르르 웃었다.

"야, 이 새꺄, 패스 똑바로 해!"

"븅~ 지가 졸라 못하는 건 생각도 안 해요."

그 나이의 학생들이 쓰는 비속어도 들리지만 전혀 상스럽지 않다. 형아들을 보고 신이 난 은우가 본인의 비치볼을 가지고 달려갔다. 근처를 빙빙 돌며 같이 우르르 뛰기도 하고 공을 튕기는 흉내를 냈다. 혹여나 시합에 방해가 될까 싶어 은우를 데리러 가니 형아들이 괜찮다는 눈짓을 보냈다.

"꼬맹아, 너는 깍두기 해. 대신 다치면 안 되니까 너무 가까이 오지는 말고."

"야, 이 새꺄! 옆에 애기 있자나. 조심히 던져!"

뜨겁던 해가 산방산 뒤로 넘어가기 시작한 시간, 어스름한 햇살에 더욱 빛을 반짝이는 물결이 일렁였다. 남학생들의 건강한 웃음소리와 생기 넘치는 표정이 눈에 들어왔다. 세 살 은우와 열다섯 살 형아들의 표정이 똑같았다. 해맑은 표정으로 진심을 다해 노는 학생들을 본 게 참 오랜만이었다. 그들은 팔딱팔딱 살아 있었고, 아이다운 모습을 하고 있었다.

그 모습을 보고 있자니 그동안 학원에서 가르친 수많은 또래 학생이 떠올랐다. 내가 아는 중학생들은 좁은 학원 교실에 갇혀 나중에 써먹을지 의문인 것들을 배우며 꾸벅꾸벅 조는 모습이 대부분이었다. '새벽까지 게임을 하느라 늦게 자니까 졸립지!' 하고 야단치며 깨우는 게 일상이었다. 아침부터 저녁까지 빽빽한 스케줄에 따라 학교와 학원을 오가느라 편의점 라면으로 끼니를 때우고, 쉬는 시간에는 다음 학원 숙제를 하느라 정신이 없는 게 당연했다. 그러다가 겨우 생긴 여가 시간에는 게임 말고는 딱히 할 게 없으니 그게 스트레스를 푸는 유일한 방법이었을 것이다. 학원에서 학생들의 해맑은 미소를 몇 번이나 봤는지 떠올려보니 씁쓸해졌다.

극명하게 대비되는 두 부류의 학생들을 떠올리며 은우를 어떻게 키우면 좋을지 생각해 보았다. 쫓기지 않는 시간 속에서 아이답게 놀이하며 크는 것, PC방이 아닌 자연에서 친구들과 몸으로 부닥치는 것, 처음 본 어린아이를 친절하게 대하는 예쁜 마음까지 모든 것이 기억에 남을 것 같다. 우연히 만난 제주 중학생들의 그 모든 것이 부러워졌다. 우리 은우도 이렇게 청소년 시절을 보내면 참 좋겠다는 생각이 들었다.

## 마을 길 산책으로 얻은 것

제주 시골 마을의 집에는 대부분 대문이 없다. 돌담도 낮아서 마당이 훤히 들여다보인다. 호기심 많은 세 살 은우는 산책하다가 남의 집 마당에 인기척이 들리면 고개를 기웃거렸다. 어찌나 빠른지 말릴 새도 없이 마당에 들어서기도 했다. 당황한 마음에 뛰어가 잡으려는데 마당에서 곡식을 말리시던 할머니가 은우를 부르셨다.

"아가, 몇 살? 어멍 아방이랑 여행 완?"

"네, 안녕하세요? 저희는 안덕면에 살고 있습니다. 아이와 동네 구경 겸 산책을 나왔는데 마당이 궁금했는지 다짜고짜 들어가네요. 놀라게 해 드려서 죄송해요."

식은땀이 줄줄 나는 엄마의 마음을 아는지 모르는지 은우는 어느새 할머니 옆에 자리를 잡고 앉았다. 할머니가 건네는 과일을 받아먹는 모습이 그 집 손주 마냥 자연스럽다. 할머니와 잠깐 담소를 나누고 다시 길을 나섰다. 이번에는 밭에서 일하시는 할아버지에게 은우가 먼저 다가가 인사하고 그 옆에 쭈그리고 앉았다. 일하는 모습을 한참 구경하더니 초당 옥수수를 한 아름 받아왔다. 본인 손주들 주려고 작게 농사짓는 거라 많이 주지 못해 미안하다는 말씀과 함께 따뜻한 미소도 덤으로 말이다.

또 한참 걷다가 땀을 식힐 겸 쉴 곳을 찾았다. 마을 정자에 앉아 계신 할머니들 사이로 은우가 올라가 자리를 잡았다. 가방에 싸 온 음료수를 마시며 잠시 숨을 고르는데 어느새 앞에 옛날 과자, 사탕, 꿀떡 등 간식이 쌓였다. 할머니들이 처음 보는 아이에게 이것저것 물어보며 그저 예쁜 눈으로 바라봐 주었다. 은우는 낯선 길 위에서 시골 어르신들의 사랑을 듬뿍 받으며 이웃의 정을 배웠다. 든든해진 배는 덤!

제주에 오기 전에는 엘리베이터에서 이웃을 마주치면 엄마 뒤로 숨기 바쁘고, 늘 긴장감이 높아 예민했다. 그런 은우가 달라졌다. 처음 보는 사람들에게도 넉살 좋게 먼저 다가가 인사하는 아이가 된 것이다. 우리 부부 역시 아파트에 살 때는 바로 옆집에 누가 사는지도 몰랐는데, 이제는 이웃집 저녁 식사에 초대받아 함께 시간을 보내는 것에 익숙해졌다. 아침에 문을 열면 우리 집 대문 앞에는 이웃들이 두고 간 채소와 과일이 가득했다. 당일에 낚아온 싱싱한 생선도 자주 얻어먹었다.

동네 단골 식당, 밥하기 귀찮을 때 자주 들르는 곳이다. 은우의 이름과 식성까지 기억하시는 사장님이 기본 반찬에 없는 달걀프라이와 소시지볶음까지 따로 만들어 주셨다. 혹여라도 아이가 시끄럽게 할까 봐 눈치를 보게 되는 유명 식당보다 동네 사람 아니고는 찾아올 수 없는 작은 식당이 더 마음 편했다. 맛있게 먹고 일어나려는데 사장님이 무언가 한 아름 들고나왔다.

커다란 검은 비닐봉지가 한 손으로 들 수 없을 만큼 무거웠다.

“이거 은우네 오면 주려고 따로 담아 둔 거예요. 육지 친정에서 보내 준 밤인데, 조금 못생겼어도 햇밤이라 영양도 좋고 맛도 좋아요. 은우랑 같이 맛있게 삶아 먹어요.”

“우와, 감사해요. 뭐 이런 걸 다…. 근데 너무 많이 주시는 거 아니에요? 저희 식구 다 못 먹을 것 같은데 조금만 주셔도 돼요.”

“먹다 보면 금방이에요. 남은 거는 얼렸다가 먹어도 맛있고. 은우 많이 먹고 쑥쑥 커야 한다.”

어느 책에 ‘낯선 길’을 걷는 것이 아이의 두뇌 발달에 좋다는 내용이 있었다. 낯선 환경에서 오감에 의존해 길을 찾는 것이 상상력과 창의력 발달에 도움이 된다는 것이다. 그래서 일부러 은우와 함께 제주의 낯선 마을을 찾은 이유도 있다. 하지만 우리는 그 길 위에서 더 값진 것을 배웠다. 바로 돈 주고도 살 수 없는 이웃의 정과 어르신들의 사랑이다. ‘아이 한 명을 키우기 위해 온 마을이 필요하다’는 인디언 격언을 제주에 와서야 실감을 했다. 맘충이 되지 않기 위해 외출할 때마다 눈치를 보고, 노키즈존이라 갈 수 있는 곳이 제한되고, 밤에 우는 소리가 옆집에 폐를 끼칠까 봐 마음 졸이던 도시 생활, 그곳에서는 느낄 수 없던 것을 시골길 위에서 듬뿍 얻었다.

## 알바 인생이어도 괜찮아

"오빠, 벌써 다음 주면 집으로 돌아가야 하네. 너무 아쉽다. 이제 본격적으로 여름이 시작되는데 제주 바다를 제대로 즐기지 못한 것 같아."

"맞아, 사실 나도 같은 생각을 했어. 은우가 이제 막 바다에서 노는 데 재미를 붙였는데 이왕이면 바다 수영도 실컷 하면 좋지 않을까? 제주살이 조금만 더 연장할까?"

"나도 그러고 싶은데…. 사실 모아 둔 돈은 다 쓴 지 오래 되었고, 비상금으로 가져온 마이너스 통장도 바닥이 났어. 당장 생활이 어려운 정도라 힘들 것 같아."

"맞아. 그래서 생각해 봤는데, 내가 알바라도 해서 생활비를 버는 건 어떨까? 알바 사이트를 뒤져 보니까 꽤 많이 구하더라고."

"뭐? 알바?"

4월, 5월, 6월…. 벌써 3개월이 지났다. 100일을 기약하고 시작한 제주살이는 생각보다 금방 지났다. 길어야 2박 3일 여행에 익숙했던 나는 3개월이면 제주의 곳곳을 완벽하게 여행할 줄 알았다. 하지만 아직도 못 가 본 곳이 너무나 많고, 못 해 본 것도 많아 아쉽기만 했다. 솔직히 말하자면 여행도 여행이지만, 현실로 돌아가기 싫은 마음이 더 컸다. 고민 끝에 제주살이를 연장하기로 하고 남편은 편의점 야간 알바를 하게 되었다. 낮에는 가족과 시간을 보내기 위해 밤을 새우는 야간 알바를 구한 것이다. 아직 남편의 공황장애가 완치되지 않기도 했고, 30대 중반에 어린 친구들 사이에서 일하는 것이 자존심 상하지는 않을까 걱정되었다.

남편이 일하게 된 곳은 제주 유명 리조트의 편의점인데, 코로나19 상황이라 야간에는 손님이 적었다. 그 대신 들어온 물건들을 박스째 옮기고 차곡차곡 정리해야 했다. 음료 종류는 특히나 무거워 처음에는 꽤나 고생했다. 안 쓰던 근육을 쓴 탓인지 파스로 온몸을 도배하다시피 하고 일하러 나갔다. 그 모습이 안쓰럽기도 하고, 이렇게라도 가족들을 책임지겠다는 마음이 고맙기도 했다. 당시 최저 임금은 8,000원대였는데, 남편의 꼼꼼한 일 처리와 성실한 근무 태도 덕분에 시급이 1만 4,500원으로 올랐다. 평일 야간 8시간씩 일을 하니 주휴수당까지 포함하면 한 달 생활비로 충분했다. 이전에 회사 다닐 때는 직책과 책임이 있으니 스트레스가 상당했는데, 편의점 알바는 주어진 시간 동안 해야 할 일만 하고 퇴근하면 되는 거라 마음의 부담이 없다고 했다. 스트레스 없이 즐겁게 일했고, 오히려 일하면서 활기를 찾아 공황장애 증상도 좋아졌다.

밤 10시 출근, 아침 6시 퇴근. 집에 온 남편은 오후 2시까지 잠을 잤다. 남편이 푹 쉴 수 있게 오전에는 은우와 도서관에 가거나 동네 산책을 하며 시간을 보냈다. 카페 데이트도 자주

했다. 당시 두 돌이 갓 넘었던 은우는 책 몇 권만 있으면 카페에서 1~2시간을 잘 있어 주었다. 덕분에 나도 멍때리며 카페를 즐길 수 있었다. 남편이 오후에 일어나면 다시 원래 루틴대로 제주를 즐겼다. 숲에 가서 산책하거나 바다에 가서 일몰을 보는 일상을 보냈다. 저녁을 먹고 은우가 잠들면 남편은 출근했고, 나는 나만의 밤 시간을 즐겼다. 평온한 일상의 반복이었지만 매일이 달랐다. 은우가 하루에도 얼마큼 클 수 있는지 직접 눈으로 확인했고, 남편과의 대화도 늘었으며, 매일 행복의 의미를 발견해 갔다.

3개월을 목표로 시작한 제주살이는 3개월을 더 연장해 반년을 꽉 채우고 마무리했다. 처음 3개월은 일정 없이 즐기는 여행같은 제주살이였다면, 나중 3개월은 돈벌이와 병행한 현실적인 삶으로써의 제주살이였다. 두 가지 형태의 제주살이를 경험하면서 우리 부부 또한 배운 것이 많았다. 그동안 정답이라고 생각해 왔던 삶이 전부가 아닐 수 있다는 것도 느꼈다. 세상에는 다양한 방식으로 사는 사람이 많았고, 그중 일부를 경험했다. 6개월 동안 가족 모두 한 뼘씩 자랐다.

## 제주살이 끝, 다시 현실로

"아흐 오빠, 나 어지러워. 잠깐 내려서 쉬었다 가자."

김포공항에서 지하철을 타고 집으로 향하는 길, 차창 밖으로 바라본 풍경에 멀미가 났다. 하늘을 가리는 높은 고층 건물들, 왕복 6차선 이상의 대로와 쌩쌩 달리는 자동차, 바쁘게 움직이는 사람들과 귀가 아파 오는 도시의 소음까지 모든 것이 낯설었다. 평생 그 속에서 살아왔는데 6개월 만에 마주한 인천이 생경했다. 고개를 돌릴 때마다 푸른 하늘과 바다, 초록의 물결이던 제주가 벌써 꿈처럼 느껴졌다.

여행은 끝났고 다시 원래의 자리로 돌아가야 했다. 제주살이를 그리워할 틈도 없이 집에 오자마자 할 일이 많았다. 오래 비워 두어 먼지와 곰팡이로 뒤덮인 집을 청소하고, 방치되어 있던 물건들을 정리했다. 쌓인 빨래를 하느라 세탁기와 건조기가 쉴 새 없이 돌아갔다. 며칠을 바삐 움직인 끝에 포근했던 우리 집을 되찾으니 이제야 마음이 편안해졌다.

'그래, 뭐니 뭐니 해도 집이 최고지!'

노곤하게 쌓인 여독을 풀며 컨디션을 회복하기 위해 쉬고자 했으나 마음은 분주했다. 가장 급한 것은 경제적인 문제였다. 모아 둔 돈과 마이너스 통장 2개는 모두 바닥이 났고 당장의 수입도 끊겼다. 남편과 나, 둘 다 돌아갈 직장이 없었다. 무엇보다도 구직이 가장 시급했다. 생활력 강한 남편은 그 공백을 조금이라도 메우기 위해 택배 상하차 알바를 다녔고, 나도 당장 할 수 있는 과외부터 알아보았다. 맞벌이 부부로 돌아가기 위해 은우를 맡길 어린이집도 대기를 걸어 놓았다. 모든 게 일사천리로 돌아가는 듯했다.

"30대 중후반인 우리를 받아줄 회사가 있긴 있을까?"

"안 되면 제주에서처럼 편의점 알바라도 해야지 뭐! 설마 이렇게 젊은 사람이 둘이나 있는데 굶기야 하겠어?"

"그래! 제주에서 충전하고 온 만큼 다시 열심히 살자!"

마음을 다잡았지만 다시 삐거덕거리기까지 그리 오래 걸리지 않았다. 우리 가족은 이미 제주 생활의 즐거움을 맛보지 않았던가. 모두 그 삶에서 헤어 나오지 못하고 있었다. 남편은 구직 활동을 하며 면접을 보러 다니는 동안 다시 불면증이 생겼고 공황장애 약을 늘렸다. 본인이 하던 업종으로 다시 돌아가려니 예전의 삶이 생각났고, 그 압박에 다시 짓눌렸다고 했다. 그렇다고 이 나이에 새로운 일에 도전하기도 겁이 나고, 제주에서처럼 편의점 알바로 살아가기에는 부모님이나 친구 등 주변의 시선이 너무 많았다. 다른 사람의 시선에 상관없이 자유롭게 살던 제주의 삶을 그리워했다. 나 역시 다시 은우를 맡기고 출근하는 것이 불편했다. 오후에 출근해 밤늦게 퇴근하는 학원 강사의 삶으로 돌아가면 주말에나 시간이 난다. 어린이집 연장반까지 보내고 하원 후에는 친정 부모님에게 맡겨야 했다. 은우에게도 미안하고, 부모님에게도 죄송하고, 아픈 남편도 안쓰러웠다. 모두에게 죄인이 되는 기분이었다.

무엇보다도 은우의 변화가 가장 컸다. 어느새 다시 예전의 예민한 아이로 돌아왔다. 다시 도시의 소음과 북적거림을 불편해했고, 그 예민함을 온몸으로 표현하며 힘들어했다. 제주의 숲이 그리워 대신 찾아간 동네 공원은 은우를 만족시켜 주지 못했다.제주에서는 코로나19 상황이라도 한적한 시골 마을에 살았기에 마스크 없이 마당에서 뛰어놀거나 동네 산책 정도는 가능했는데, 인천에서는 당연히 불가했다. 더 이상 외출을 즐거워하지 않았고, 남편의 구직 준비로 인해 교외 나들이는 사람들로 북적이는 주말로 미뤄야만 했다. 악순환이었다. 가족 간에 대화가 점점 없어졌고, 걱정 없이 웃으며 뒹구는 시간도 사라졌다.

위기를 느낀 나는 6개월 전 이혼을 준비하던 그 식탁에 다시 앉았다. 그리고 생각을 정리했다. 단순히 여행 후유증인 줄 알았다. 여행을 워낙 길게 다녀왔으니 현실로 돌아오기까지 시간이 걸리는 게 당연하다고 생각했다. 그래서 제주에서의 생활을 최대한 잊고 현실에 적응하기 위해 노력했다. 하지만 제주에서의 삶은 워낙 임팩트가 강했다. 정해진 일정이 아닌 햇살의 흐름대로 사는 여유로운 삶을 아예 몰랐다면 모를까, 그 삶의 즐거움을 이미 알게 된 이상 예전의 맞벌이 삶으로 돌아가기 싫었다.

'이대로는 안 되겠다. 다시 예전의 삶으로 돌아가는 건 시간 문제겠어. 제주에서 살아 볼까? 이번엔 여행이 아닌 삶으로….'

'아니야. 여행이니 즐거웠지 삶은 현실인 걸. 당장 가서 뭐 하면서 먹고살 거야?'

남편은 인천에서 회사 생활을 하는 것보다 제주에서 편의점 알바를 더 즐겁게 했다. 야간 출근 후 자고 일어나면 오후 2시쯤이니 그 시간 이후로는 은우를 돌볼 수 있다. 나는 3시 이후에 출근이 가능한 학원 강사 아닌가. 아무리 작은 마을이라 해도 학교 근처에는 학원이 있을 수밖에 없기에 나의 취직은 걱정되지 않았다. 만약 취직이 안 된다면 과외를 하거나 공부방을 차리면 되었다. 그렇다면 제주에서 못 살 이유가 없었다. 어차피 지금 인천에서도 직장이 없어서 막막한데 제주에서 밑바닥부터 시작하면 될 일이었다. 생각 정리가 심플하게 끝났다. 우선 저지르고, 문제가 생기면 그때 생각하기로 했다.

"오빠, 내일 집 구하러 가자. 제주로!"

"뭐? 돌아온 지 얼마 안 되었는데 제주살이를 또 하자고?"

"아니, 그냥 제주로 이사 가자. 나만 믿고 따라 와!"

그로부터 한 달 반 뒤, 다시 제주로 향했다. 캐리어 가방 두 개를 든 여행자가 아닌, 6톤의 짐을 바다 건너로 통째로 옮기는 대대적인 이사를 했다.

## 육아 스트레스로 부부 갈등이 생겨서 자주 싸워요. 아이에게 안 좋은 영향을 끼칠까 봐 걱정이에요!

**A. 아이 앞에서 싸우지 않는 것이 좋겠지만 쉽지 않죠. 그럴 때는 갈등과 화해의 과정을 건강하게 보여 주세요.**

"부모가 싸울 때의 아이들이 느끼는 공포는 전쟁과 맞먹는다."

충격적인 문장이었다. 어느 부모가 사랑하는 아이에게 전쟁과 같은 공포를 주고 싶겠는가? 어린 시절, 부모님이 싸울 때마다 동생과 함께 떨었던 기억이 지금도 상처로 남아 있다. 나는 절대로 그런 기억을 아이에게 남기고 싶지 않았다. 그런데 참 마음처럼 쉽지 않았다. 우리 부부는 맞벌이와 육아에 지쳐 자신을 제대로 돌보지 못했다. 스트레스가 쌓여 두 돌이 안 된 아이 앞에서 이혼을 언급할 만큼 갈등이 깊어졌다. 아이 앞에서 자주 싸웠고, 그때마다 안 좋은 영향을 주는 것 같아 죄책감을 느꼈다. 이혼할 거면 깨끗하게 갈라서고, 그렇지 않다면 덜 싸우는 방향으로 서로 맞춰 가야 했다.

먼저 서로의 분노 발작 버튼이 무엇인지 파악하고, 싸움의 원인이 되는 상황을 정리해 서로 조심할 부분을 공유했다. 또한 싸운 날에는 자정이 되기 전까지 대화로 풀기로 했다. 별일이 아닌 일도 다음 날까지 이어지면 갈등이 깊어지기 때문이다. 가장 중요한 약속은 은우 앞에서는 격한 감정을 드러내지 않기로 한 것이다. 할 말이 있으면 글로 정리해 카톡으로 남기거나, 육퇴 후에 대화하기로 했다.

그래서 잘 지켰냐고? 그럴 리가! 지금도 자주 싸운다. 그때만큼 격렬하게는 아니지만, 사소한 일로 자주 부딪친다. 은우 앞에서 싸우는 날도 많다. 서운한 일이 있을 때는 바로 말해야 하는 내 성격 탓이다. 화가 나면 바로 얼굴에 티가 나고, 그 자리에서 말을 해야 직성이 풀린다. 고민 끝에 우리 부부는 새로운 규칙을 만들었다.

**규칙 ❶** 아이 앞에서 싸우더라도 서로를 비난하는 말을 하지 않고 상황과 감정 전달하기.

**규칙 ❷** 대화할 때 서로의 말을 끊지 않고 끝까지 들어 주기.

**규칙 ❸** 진심으로 마음을 담아 사과하는 화해의 과정까지 보여 주기.

**규칙 ❹** 아이에게 모든 상황을 제대로 설명해 주기.

이때 '싸운 거 아니야. 엄마랑 아빠는 대화 나눈 거야'라는 말은 절대 하지 않는다. 싸움과 대화는 다르므로, 두 가지를 명확히 구분해 주기 위해서다.

"은우야, 방금 놀랐지? 엄마가 아빠에게 서운한 점이 있어서 다퉜는데, 서로 잘 이야기하면서 화해했어. 친구끼리도 가끔 다툴 때가 있잖아. 엄마와 아빠는 부부이자 가장 친한 친구라서 그럴 때가 가끔 있어."

"네, 조금 놀라고 속상했지만 이제 괜찮아졌어요. 앞으로는 사이좋게 지내세요."

갈등 상황에서 마음에 담아 두거나 무조건 참는 것도 좋은 방법은 아니다. 오히려 의견을 맞추며 해결 과정을 보여 주는 것이 교육의 일부가 될 수 있다. 인간관계에서 오는 갈등은 필수적으로 생겨나기 때문이다. 중요한 것은 누가 이기느냐가 아니라, 어떻게 해결하느냐다. 자주 싸우는 부부라면 갈등을 원만하게 풀어 가는 과정에 초점을 맞추고 규칙을 정하는 것이 좋다. 물론 덜 싸우려고 꾸준히 노력하는 것도 필요하다.

# 자연 육아가 부러워요. 하지만 제주니까 가능한 것 아닐까요?

## A. 어디서 사느냐보다 더 중요한 것은 자연 육아에서 얻은 교훈입니다.

"너는 제주에 살고 있잖아. 도시 아파트에서는 그렇게 하기 힘들지."

자연 육아의 장점을 이야기할 때 가장 많이 듣는 말이다. 도시에서 자연을 찾으려면 주말마다 숲과 바다에 가야 하는데, 시간과 경제적 부담이 커서 엄두가 나지 않는다고 한다. 물론 우리 가족이 제주 시골 마을에 살고 있는 것이 큰 장점일 수는 있지만, 꼭 매일 숲과 바다를 다녀야만 자연 육아를 할 수 있는 것은 아니다. 내가 자연에서 얻은 교훈은 재촉하지 않고 기다려 주는 것과 스스로 주도하는 놀이의 중요성이다. 이 두 가지는 도시 생활에서도 충분히 실천할 수 있다.

제주로 오기 전, 나는 늘 무언가로 아이를 채워 주려고 했다. 비싼 장난감으로 집을 채우고, 인기 있는 키즈카페를 데려가 여가 시간을 채우고, 유명 명소에서 주말을 채웠다. 빽빽한 공간과 시간 속에서 과연 행복했을까? 차 안에서 많은 시간을 보내며 과연 즐거웠을까? 다시 그때로 돌아간다면 은우의 세계를 무언가로 채우기보다는, 무엇을 할 때 즐거워하는지 관찰하고 함께 즐기는 엄마가 될 것이다.

자연 육아를 한다고 해서 꼭 숲과 바다로 가야 한다는 부담감에서 벗어나도 된다. 오히려 자주 지나는 동네가 아이에게 훌륭한 학습의 장이 될 수 있다. 아파트 화단, 동네 초등학교, 도서관 산책길, 마트 주차장, 버스 정류장, 횟집 수족관 등 관심 있어 하는 곳이라면 그 어디든 괜찮다. 대신 그곳에서 의미 없어 보이는 행동을 하더라도 재촉하지 않고 기다려 주는 인내심이 필요하다. 은우는 횟집 수족관에서 물고기 이름을 배웠고, 자동차 정비소에서 엔진 동력의 원리를 익혔다. 도서관에 가서 책은 안 읽고 입구에서 개미만 구경하다가 온 날도 많았다. 예전의 나였다면 이게 무슨 시간 낭비냐며 아이를 재촉했을 것이다.

하지만 이제는 알게 되었다. 자연스럽게 생겨난 관심이 호기심으로 이어지고, 그 호기심이 배움의 욕구가 된다는 것을 말이다. 아이에게는 주변을 둘러보며 궁금증을 품는 시간이 필요하다. 시간과 공간을 채우지 않고 여백을 둘 때, 아이는 비로소 주변으로 관심을 돌린다. 여유를 갖고 아이의 자연스러운 관심을 기다리는 것이 자연 육아의 핵심이다.

# <놀이의 중요성과 창의력 관련 추천 도서>

*Recommended Books*

**「틀 밖에서 놀게 하라」**

김경희, 쌤앤파커스

"튀는 아이가 세상을 바꾼다."

미래 사회에는 우리가 아는 대부분의 직업이 사라진다. 성실하게 공부만 잘하는 사람보다는 '창의력'을 갖춘 인재가 필요하다. 문제는 주입식 교육이 익숙한 세대라 어떻게 자녀의 창의력을 길러 줘야 할지 모른다는 것이다. 이 책은 그런 부모에게 창의력의 네 가지 요소를 햇살, 바람, 토양, 공간에 빗대어 쉽게 설명하며 길잡이 역할을 해 준다. 이 책을 통해 아이를 정해진 틀에 가두는 것이 아닌, 틀 밖에 자유롭게 두는 것의 중요성을 배웠다. 창의력 교육에 관심 있는 부모에게 꼭 추천하고 싶다.

**「아이들은 놀이가 밥이다」**

편해문, 소나무

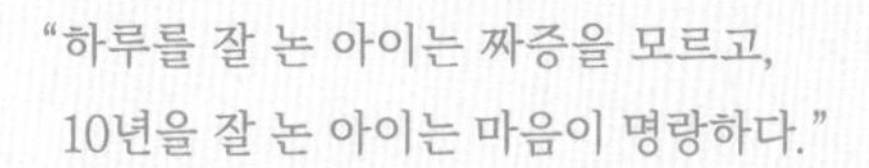

"하루를 잘 논 아이는 짜증을 모르고,
10년을 잘 논 아이는 마음이 명랑하다."

아이들에게 놀이는 삶 그 자체다. 놀이를 통해 성장하며 함께 살아가는 법을 배운다.
아이들에게는 스스로 놀이를 만들어 내는 힘이 있다. 그런데 요즘 아이들은 놀 시간이 없어서, 놀 친구가 없어서, 놀 장소가 없어서 마음껏 놀지 못한다. 또는 '엄마표 ○○ 놀이'라는 이름으로 놀이와 학습을 지나치게 연결하려고 하는 건 아닌지도 생각해 보게 된다. 아이에게 마음껏 놀 수 있는 '놀이밥'을 주자!

**「놀이의 힘」**

EBS 놀이의 힘 제작진, 성안당

"아이들은 모래와 물만 있어도 하루 종일
행복해하며 무한한 놀이를 만들어 낸다."

제주 이주를 결심하게 된 한 문장이다. 실제로 은우도 장난감으로 가득한 놀이방 에서는 금방 싫증을 내지만, 숲이나 바다 에서는 삽과 양동이만 있으면 무한하게 놀이를 만들어 낸다. 구조화되지 않은 환경 속에서 놀이를 만들어 내는 힘이 지금 아이들에게 필요한 것이다. 기술의 지배를 받는 사람 대 기술을 지배하는 사람! 미래 인재에게 필요한 역량은 '놀이'의 힘에 달려 있다. 부모로서 아이에게 무엇을 가르쳐야 하는지 곰곰이 생각하게 만드는 책이다.

# *Chapter. 3*

# 어린이집 대신
# 가정 보육

## 네 살, 성공적인 첫 어린이집 등원

지난 6개월간의 제주살이 경험을 통해 마당이 있는 집은 관리가 힘들다는 점을 배웠다. 또한 너무 한적한 외곽 마을은 병원이나 슈퍼 등의 인프라가 없어 생활이 불편했다. 이제는 여행이 아닌 실제 삶을 살아야 하기에 많은 것을 고려하지 않을 수 없었다. 그렇다고 시내 한복판에 살기는 싫었다. 모든 것이 다 갖춰져 있어 생활은 편리하겠지만 육지 생활과 별반 다르지 않기 때문이다. 고민 끝에 조용하면서도 의원이나 슈퍼 등이 있어 생활하기 편리한 '읍내권'의 작은 아파트로 집을 구했다.

작은 마을이어도 학교 근처에 학원이 없을 리 없다. 집에서 도보 10분 거리에 있는 학원의 구인 광고를 우연히 보게 되었고, 이력서를 내자 바로 취직되었다. 아이가 아직 어리다고 하니 수업을 월, 수, 금 주 3일로 조정해 주었다. 화, 목은 예전처럼 여행을 할 수 있으니 다행이었다. 게다가 시골 마을에 나타난 '젊은 육지 선생님'이라는 입소문이 퍼지면서 좋은 대우를 받았다. 은우를 시간에 맞춰 돌봐야 했기에 남편은 취직이 아닌 알바를 선택했다. 나의 출퇴근 시간에 맞춰 편의점, 펜션 청소, 카페, 우유 배달, 농장 일용직 등 하루에 2~3개의 알바를 병행했다. 남편의 배려와 고생 덕분에 낯선 마을에서도 학원 강사로 빨리 자리를 잡을 수 있었다.

그러나 한 번씩 돌발 상황이 발생했다. 서로 출퇴근 시간에 변동이 생겨 시간이 붕 뜨는 날에는 어쩔 수 없이 은우를 데리고 출근했다. 부부 중 한 명이라도 아픈 날에는 은우를 맡길 곳이 없어 병원에 가기도 힘들었다. 맞벌이를 하며 24시간 육아하는 일이 점점 힘에 부쳤다. 누군가의 도움이 필요했기에 어린이집에 보내기로 결정했다. 한국 나이로 네 살, 32개월에 첫 기관에 다니게 된 것이다. 대학교 전공 수업에서 교수님이 강조하신 '36개월까지는 엄마가 키우는 것이 좋다'는 얘기를 얼추 지키게 되었다는 것에 웃음이 나왔다.

다른 아이들보다 가정 보육이 길었던 만큼 홀가분할 줄 알았는데, 날짜가 다가올수록 마음이 이상했다. 낯선 환경에서 엄마를 찾지는 않을지, 혼자서 자유롭게 크던 은우가 단체 생활에 잘 적응할지 걱정되었다. 또한 말이 워낙 느렸기에 의사소통 역시 걱정이 되었다. 문장을 자유롭게 구사하는 친구들 사이에서 괜찮을지도 불안했다.

"가꼬, 가꼬. (탕탕탕)"

은우는 한 시간째 창문을 두드리며 '갈 거야, 갈 거야'를 외치고 있다. 엄마의 걱정이 무색하리만큼 어린이집을 좋아했다. 주말 아침, 창밖에 있는 어린이집을 보고는 창문을 두드리며 '갈 거야'를 외쳐 댔다. 한 달 정도는 엄마가 함께 등원해 1~2시간씩 시간을 점차 늘려가는 적응 기간도 필요 없었다. 이틀 정도만 엄마와 같이 있다가 점심시간 전에 하원했고, 사흘째부터는 엄마 없이 점심을 먹고 낮잠도 자고 왔다. 아침에 깨울 때도 '은우야 어린이집 가야지!' 하면 벌떡 일어나곤 했다. 이렇게까지 기관 생활을 좋아할 줄 알았다면 더 일찍 보낼 걸 싶었다.

덕분에 우리 부부는 걱정을 덜고 직장 생활에 집중했다. 은우 돌봄을 위해 알바를 여러 개 병행하던 남편은 일을 줄이고 관리직으로 취업했고, 하원 시간에 맞춰 퇴근할 수 있도록 일을 조정했다. 걱정했던 어린이집 등원과 맞벌이 생활은 성공적으로 돌아갔고, 가족만의 루틴을 만들며 제주 생활을 즐겼다. 모두 각자의 위치에서 잘 적응하고 있다고 생각했다.

## 아이가 어린이집 천덕꾸러기가 되다

아침부터 전쟁통이 따로 없다. 아직 꽃샘추위가 가시지 않았지만 등허리에 땀이 줄줄 흘렀다. 어린이집에 가기 싫다고 온몸을 뻗치며 우는 은우와 씨름하다가 억지로 데려다주었다. 주말에도 어린이집에 가고 싶다며 노래를 부르더니 왜 갑자기 변했을까? 잘 다니던 아이들도 한 번씩은 이런 시기가 온다고 했다. 그러다가 금방 또 괜찮아진다는 선배 엄마들의 말을 믿으며 버텨 보기로 했다.

예상하건대 36개월 미만 통합반에서 먹고, 자고, 놀다가 오는 생활이 즐거웠을 것이다. 하지만 3월부터는 새 학기라 반을 옮겼고, 선생님도 친구들도 모두 바뀌었다. 영유아 통합반과 비교해 본격적으로 '교육' 개념이 들어가니 통제되는 상황도 많았을 것이다. 적응이 느리고 변화에 예민한 아이였기에 적응하는 데 시간이 걸릴 것은 당연히 예상했다. 시간이 지나면 나아질 것이라고 믿었다.

힘들어하는 기간이 생각보다 길어졌다. 은우는 나아지기는 커녕 점점 상태가 안 좋아졌다. 가장 힘든 부분은 없던 변비가 생긴 것이다. 심한 날에는 2주 가까이 볼일을 보지 못했다. 그러다가 한 번씩 신호가 오는 날이면 이틀 동안 잠도 못 자고 끙끙 앓으며 딱딱한 변을 보았다. 영유아 검사에서는 딱딱한

변을 종괴로 오해해 암을 의심하기도 했다. 대학병원에서 큰 검사를 받고서야 똥 덩어리라는 것이 밝혀져 오해를 풀었지만 그 정도로 변비가 심각했다. 아파서 괴로워하는 은우도, 그 모습을 지켜보는 나도 무척 힘들었다.

"야, 김은우. 너네 엄마 왔어. 일루 와서 외투 입고 신발 신어야지. 그만 놀고 빨리 오라니까!"

이는 선생님이 아니라 은우와 동갑인 여자아이의 말이다. 말만 빠른 게 아니고 행동도 어찌나 야무진지, 한참이나 누나 같았다. 네 살이 되자 말이 트여 한시름 놓았지만, 같은 반에 있는 또래 친구와는 비교가 되지 않을 정도로 차이가 났다. 그동안 어린이집에 보내지 않아 잘 몰랐는데, 직접 경험하니 차이가 확 느껴졌다. 또래보다 느린 발달을 가장 걱정했는데, 아니나 다를까 하나둘 문제가 생기기 시작했다. 학원 쉬는 시간, 휴대전화에 어린이집 선생님의 부재중 전화가 와 있었다. 무슨 일이 있다는 걸 직감할 수 있었다.

"안녕하세요, 은우 어머님. 오늘 은우가 친구 민지를 밀쳤어요. 많이 다치진 않았는데 놀랐는지 민지가 많이 울었거든요. 알고 계셔야 할 것 같아서 연락드립니다."

"어머, 진짜요 선생님? 아이고, 죄송합니다. 민지는 어디 다쳤나요? 이제 괜찮아요?"

가슴이 쿵 내려앉았다. 말로만 듣던 상황이 벌어지다니 당황스러웠다. 놀란 마음을 진정시키고 퇴근 중인 남편에게 전화를 걸어 상황을 전했다. 약국에서 연고와 비타민 등을 사 가서 직접 사과드리라고 부탁했다. 전화를 끊었지만 쿵쾅거리는 심장이 쉽게 가라앉지 않았다.

말이 느린 은우는 하고 싶은 것이 말로 잘 표현되지 않으니 행동으로 먼저 표현했을 것이다. 본인 뜻대로 안 되면 과격한 행동도 나왔을 것이다. 그동안 또래와 소통할 기회가 많지 않아 그 부분을 제대로 배우지 못했다. 친구들도 은우를 점점 피하고, 단체 활동에 더 끼지 못한다고 했다. 듣기만 해도 속상해서 눈물이 났다. 친구와 노는 방법을 제대로 가르쳐 주지 못한 것이 고스란히 내 탓인 것만 같았다.

혹여나 천덕꾸러기가 되어 어린이집에서 눈 밖에 나지는 않을까 걱정되었다. 선생님과 다른 부모님들에게 사과드리는 일이 먼저였다. 늘 은우의 마음을 살피기보다는 다른 사람들의 눈치를 보느라 바빴다. 여기저기 사과하러 다니는 나와 남편도, 그 모습을 고스란히 지켜보는 은우도 점점 지쳐 갔다. 시간이 지날수록 은우는 입을 더 닫았고, 마음의 문도 닫힌 듯 보였다. 조금씩 빨라지던 발달 속도도 다시 느려지고, 오히려 퇴행 현상까지 생겼다. 잘 크고 있다고 생각했는데 그런 모습에 다시 막막해지기 시작했다.

'그저 크는 과정일 거야. 다시 괜찮아질 거라고 믿어.'

'단체 생활 경험이 없어서 낯설어서 그런 걸 거야. 사회성이 생기면 괜찮아질 거야.'

'처음에는 적응이 느리지만 은우는 그 누구보다도 잘 해낼 거야.'

믿음의 주문을 외우며 아슬아슬한 기관 생활을 이어 갔다.

## 잊히지 않는 아이의 텅 빈 눈빛

"선생님, 요즘은 은우가 친구들과 잘 지내나요?"

"네, 혼자서 노는 걸 더 좋아하는 편이지만 그래도 재미있게 잘 생활하고 있어요. 걱정 마세요."

은우는 점점 어린이집에 가기 싫다고 떼쓰는 일이 줄었다. 역시나 시간이 지나면 괜찮아질 거라는 나의 믿음이 맞았나 보다. 친구들에게 몸으로 과격하게 표현하는 일도 많이 줄고, 고집을 부리거나 떼를 쓰는 일도 없으니 걱정하지 말라고 하셨다. 그제야 한시름 놓였다.

평소처럼 은우를 등원시킨 후 강아지 산책을 위해 동네 한 바퀴를 돌던 때였다. 아파트 바로 앞에 있는 어린이집 마당에서 시끌벅적 아이들 웃음소리가 들렸다. 바깥놀이 시간인 것 같았다. '은우네 반인가?' 싶은 마음에 조심스럽게 다가가 보았다. 혹시라도 눈이 마주치지 않도록 전봇대 뒤로 몸을 숨겨 살짝 들여다보았다.

신나게 미끄럼틀 위에서 노는 아이들, 삼삼오오 모여서 놀이를 하는 아이들, 선생님 주변에 몰려 있는 아이들이 보였다. 해맑게 웃으며 놀이에 빠진 아이들을 보니 내 얼굴에도 미소가 띠었다. 까르르 웃음소리에 기분이 좋아지고 행복해졌다.

'어디에 있지? 은우네 반 아이들이 확실한데 왜 안 보이는 걸까?'

두리번거리며 은우를 찾던 나는 그만 쿵 하고 심장이 내려앉았다. 주변의 소리가 사라지고 모든 움직임이 멈춘 것처럼 아득해졌다. 그저 한 아이만 눈에 들어왔다. 한쪽 구석에 쪼그려 앉은 은우는 움직임이 없었다. 그저 대문만 하염없이 바라보고 있었다. 햇살이 적당한 맑은 날씨, 푸르다 못해 파아란 하늘, 지저귀는 새들, 줄지어 가는 개미 떼, 바람에 흩날리는 꽃잎들. 평소라면 은우의 시선을 사로잡았을 그 모든 것이 앞에 있지만 눈동자가 텅 비어 있었다.

'왜 저러고 있지? 도대체 언제부터 저러고 있는 거야? 지금 무슨 생각을 하고 있는 걸까?'

눈물이 울컥 나오고 머릿속이 복잡해졌다. 놀다가 잠깐 쉬고 있는 건지, 아니면 하루 종일 저러고 있는 건지 알 길이 없었다. 소란스러운 고요함 속에서 은우는 철저하게 투명 인간이었다. 그날 밤, 도저히 잠이 오지 않았다. 아니 며칠 내내 은우의 텅 빈 눈동자를 떠올리며 밤을 보냈다. 차마 입 밖으로 꺼내는 순간 눈물이 쏟아질 것 같아 남편에게도 말하지 못하고 혼자서 끙끙 앓았다.

'그래, 그날만 그랬을 거야. 피곤해서 쉬고 있던 걸 내가 봤을지도 모르지.'

이렇게 생각하는 편이 그나마 나았다. 역시나 시간이 지나면 해결될 문제이리라 생각하며 마음을 달래는 수밖에 도리가 없었다. 무슨 일이 있었던 건지, 지금 무슨 생각을 하고 있는 건지 묻고 싶어도 표현을 하지 않으니 답답했다. 그러는 사이 은우는 점점 집에서도 표정을 잃어 갔다. 차라리 예전처럼 어린이집에 다니기 싫다고 떼쓰기라도 하면 좋겠다는 생각이 들 만큼 울지도 웃지도 않았다. 조금씩 늘고 있던 말도 퇴행했는지 입을 아예 닫아 버렸고, 그 어떠한 감정 표현도 하지 않았다.

뉴스에서 어린이집 학대 같은 자극적인 소식을 접한 날은 하루 종일 아무것도 손에 잡히지 않았다. 도대체 어린이집에서 무슨 일이 있었던 건지 직접 듣고 싶었다. 나 혼자서 이런저런 상상을 하자니 정말 미칠 만큼 괴로웠다. 결국 몇 날 며칠을 고민하던 나는 어렵게 결정을 내리고 남편에게 말을 꺼냈다.

"오빠, 어린이집 그만 보내자. 더 이상 안 되겠어. 말이라도 트이면 그때 보내자."

## 여보, 우리 가정 보육하자!

"음, 우선 알겠어. 나도 요즘 은우가 걱정되긴 했거든. 그런데 문제는 우리 출근해야 하는데 당장 어떡해? 학원에 데리고 출근하는 것도 하루 이틀이지. 괜찮겠어?"

"그래서 말인데, 오빠가 일을 그만두고 살림과 육아를 맡는 건 어떨까? 당분간 생활비는 내가 벌어 볼게."

"뭐? 내가?"

"일종의 아빠 육아인 셈인데, 바깥놀이 위주로 시간을 보내 주면 좋을 것 같아. 나는 은우가 제주의 자연을 마음껏 즐겼으면 좋겠거든. 몸으로 노는 건 아빠랑 함께 하는 게 낫지 않을까 싶은데 어때?"

남편도 은우의 변화를 알아채고 있었는지 어린이집을 그만두겠다는 말에 크게 놀라지 않았다. 하지만 돈은 내가 벌 테니 아빠 육아를 맡아 달라는 제안에는 당황했다. 아마도 처자식은 남자가 먹여 살려야 한다는 K-가장으로서 의무를 벗어 던지기가 미안했을 것이다. 생각할 시간을 달라고 했다. 그날 이후 여러 날에 걸쳐 남편과 많은 대화를 나누었다. 왜 이런 결정을 하게 되었는지 그날 보았던 장면도 조심스레 잘 전달했다. 남편도 나도 눈물을 참을 수가 없었다. 온 가족이 더 행복해지자고 인천 생활을 접고 제주로 온 것인데, 은우의 마음 변화도 제대로 알아주지 못한 것 같아 미안한 마음이 컸다.

"어린이집에서 방치했다고 생각하진 않으려고. 워낙 적응이 느린 아이니까 혼자만의 시간이 필요했을 거야. 그러니 은우한테 시간을 주고 싶어. 또래 친구들과 비교하지 않고, 스스로 클 수 있는 시간을."

"그래, 그러자. 은우가 느리긴 해도 본인이 하고 싶은 걸 할 때는 누구보다 집중력이 좋잖아. 아직 네 살밖에 안 됐는데 사회성 운운하면서 억지로 어린이집 보내는 것도 아니라고 생각해. 가정 보육 1년 더 하는 거 나도 찬성이야."

"그런데 나는 살림이나 육아에 소질이 없잖아. 차라리 나가서 돈 버는 게 더 좋아! 특히 아들은 아빠와 보내는 시간이 중요하다고 생각하거든. 그러니 아빠가 육아를 맡는 게 나을 것 같아."

저질 체력인 나는 종일 에너지가 넘치는 은우와 함께할 자신이 없었다. 네 살이 되자 더 강력해진 고집과 떼를 받아 줄 정신력도 부족했다. 감정에 쉽게 휘둘리지 않는 무던한 성격의 아빠가 맡아 주는 것이 나았다. 남편의 공황장애 증상도 완전하게 완치되지 않은 상태였다. 인천에 있을 때보다 압박이 덜 하고 자유로운 직업이긴 하지만, 역시나 그 안에서도 스트레스가 생길 수밖에 없을 것이다. 특히 사람들과의 관계에서 오는 스트레스에 취약한 남편이었기에 자연 속에서 편안한 시간을 보내며 건강을 더 챙기기를 바라는 마음도 있었다.

"그러니 은우, 오빠, 나 모두를 위한 결정이야. 혹시라도 미안해하진 않았으면 좋겠어, 오빠!"

"그래도 괜찮을까? 돈 들어갈 일이 앞으로 더 많을 텐데 맞벌이해야 하는 거 아냐? "

"생활비가 빠듯하겠지만 나는 지금이 정말 중요한 시기라고 생각하거든. 돈은 언제든 벌 수 있지만 시간은 다시 돌아오지 않잖아. 그러니 우선 은우한테만 집중하면서 믿고 기다려 주자."

"응, 나도 동의해. 어린이집에 다니면서 비교당하며 기죽게 만드는 것 같아 나도 속상했어. 그런데 내가 잘 교육할 수 있을까? 가르치는 건 자신 없는데."

"오빠, 나는 은우를 똑똑하게 만들고 싶은 게 아니야. 그저 낮에는 햇볕 쬐며 신나게 자연을 뒹굴고, 저녁에는 좋아하는 책에 파묻히게 해 주면 돼. 혼자서 보내는 시간을 존중해 주면서, 아빠가 필요할 때 '아빠가 늘 옆에 있어' 라는 마음의 안정감을 심어 줘. 그거면 충분해."

## 아이가 주도하는 여행 육아

"은우야, 오늘은 어디로 가 볼까? "

"요기, 요기! 똥충이(송충이) 만나로 가꼬야!"

가정 보육을 시작하고 아침 일상이 다시 바뀌었다. 종종걸음으로 채근하며 치르던 등원 전쟁을 멈추고 다시 느리게 가는 아침을 맞았다. 아침마다 두 남자가 큰 지도를 가져와 거실에 펼치고 앉았다. 숲에 가는 것이 좋겠다며 그곳에서 만날 동물 친구들에 관해 이야기를 나누는 은우의 얼굴이 설렘으로 가득했다. 어린이집을 억지로 밀어 넣을 때와 같은 아이가 맞나 싶을 만큼 표정이 밝아졌다.

간단히 식사를 챙기고, 도시락과 물까지 챙긴 후 함께 집을 나섰다. 은우는 학원으로 출근하는 엄마를 진하게 포옹하며 '숲에 같이 못 가서 미안해요. 다음에는 꼭 같이 가요'라고 속삭여 주었다. 아빠와 둘이서만 시간을 보내는 것이 못내 미안한 모양이다. 엄마를 위해 예쁜 솔방울을 주워 오겠다는 약속도 잊지 않았다. 아이의 예쁜 마음에 내 마음도 초록빛으로 물들었다.

학원에서 쉬는 시간마다 틈틈이 핸드폰을 확인했다. 남편이 보내 주는 메시지에는 은우의 하루가 고스란히 담겨 있었다.

숲에 가서 송충이 친구를 만난다더니 바닷물에 엉덩이를 담그고 모래 놀이를 하고 있었다. 역시나 계획은 계획일 뿐, 발길이 닿는 곳에서 두 남자는 하루를 보냈다. 물에 젖거나 진흙 범벅이 되는 등 언제 어떻게 될지 몰라 여벌 옷 2~3벌과 씻길 물 6리터를 늘 갖고 다녔다.

"아직 초여름이라 바닷물 차가울 텐데 안 추워?"

"말도 마. 엄청 차가워서 나는 발도 못 담그겠어. 지나가는 사람들도 다 놀라."

"어휴, 그러다가 감기 걸리면 어쩌려고 그래?"

"모르겠어. 말린다고 말을 듣나? 저렇게 즐거워하는데 그냥 둬야지 뭐."

한참 뒤, 또 사진 여러 장이 도착했다. 이번에는 우비를 입고 등산을 하고 있다. 갑자기 쏟아지는 비에 바다에서 철수했더니 이제 숲에 가자고 했단다. 늘 있는 일이라는 듯 능숙하게 마른 옷으로 갈아입히고 차에 늘 구비해 두는 우비를 입혀 숲으로 향했을 것이다. 말하지 않아도 그려지는 상황에 웃음이 나왔다.

"아이고, 이러다가 정말 감기 걸리면 어쩌려고! 오빠, 이제 그만하고 집에 가!"

"감기 걸리면 뭐 어때? 은우가 이렇게 좋아하는데 숲에서 비 맞고 놀아 본 기억이 더 소중하지 않겠어?"

쓸데없는 걱정이었다. 어린이집에 다니던 3개월 동안에는 감기가 나을 만하면 다시 친구들에게 옮아 와 콧물을 달고 살았다. 그런데 가정 보육을 하니 아무리 추운 날씨에 바다에 들어가도, 비를 맞고 한참을 놀아도 멀쩡했다. 콧물을 잠깐 훌쩍이다가도 다음 날 아침이 되면 깨끗해졌다. 유행하는 영유아 전염병에서 자유롭다는 것이 가정 보육의 가장 큰 장점이라고 할 만큼 병원 다닐 일이 없었다. 걱정 많은 나보다 무던한 남편이 육아를 맡아 준 게 다행이었다. 나였다면 비 오는 날은 미끄러워서 절대 숲에 가면 안 된다고 잡아끌었을 텐데 말이다. 아니, 그것보다도 그만큼 놀아 줄 체력이 안 됐을 것이다.

종일 밖에서 뒹굴다가 집에 온 은우는 책을 폈다. 그날 자연에서 본 것들에 대한 호기심을 책으로 이어 가는 시간이다. 바다에서 본 꽃게와 소라 친구들, 숲에서 본 달팽이와 송충이 친구들을 탐구하고 더 궁금한 것은 영상으로 찾아서 보았다. 호기심을 채울 수 있게 잠시 혼자 집중할 시간을 주고 기다렸다. '내일 어린이집에 가야 하니까 일찍 자자'라는 채근 없이 자유롭게 책과 뒹굴었다.

은우의 표정은 한결 밝아졌고, 느린 말이지만 표현력은 나날이 늘었으며, 무엇보다도 동물 친구들과의 교감으로 공감 능력도 자랐다. 어린이집에서 힘들어하던 또래 친구와의 놀이도 자연에서는 훨씬 쉬웠다. 바다에서 만나는 친구들에게 본인의 모래 놀이 장난감을 양보하고, 숲에서 만나는 동생이 흙길에 미끄러지지 않게 손을 잡아 주고 이끌었다. 아주 느리지만 본인만의 속도대로 성장하는 것을 가만히 기다려 줄 수 있는 여유가 생겼다. 긍정적인 변화를 마주칠 때마다 가정 보육을 선택하길 잘했다는 안도감이 몰려왔다.

## 우리 엄마 아빠는 나를 어떻게 키운 걸까?

은우는 사실 내 성향을 빼닮았다. 감각이 예민해서 화려한 시각 자극을 불편해하고, 시끄럽고 사람이 많은 곳을 싫어한다. 낯선 장소에 가거나 낯선 사람을 만나면 긴장감이 높다. 실제로 MBTI 검사에서 I가 99% 나오는, 내향인 중에서도 극내향인이다. 바깥보다는 안에서 에너지를 채우는 게 좋다.

은우가 18개월까지 걸음마를 망설인 것처럼 나도 몸을 쓰는 일에 미숙하다. 스케이트처럼 중심을 잡는 운동은 도전해 본 적이 없고, 운동장에 있는 흔한 정글짐이나 구름다리도 올라갈 생각조차 하지 않았다. 겁이 많고 소심한 것 역시 비슷하다. 완벽히 준비될 때까지 함부로 시도하지 않는다. 그래서 늘 조심조심 몸을 사리는, 있는 듯 없는 듯 조용한 아이였다.

"제발 성격은 오빠를 닮았으면 좋겠어!"

반대로 남편은 수더분하다. 누구를 만나도 쉽게 다가가고 두루두루 잘 어울린다. 새로운 사람을 만나도 친화력 좋게 잘 다가가고, 낯선 장소에서도 적응력이 높아 내 집인 듯 생활한다. 내가 어릴 때부터 갖고 싶었던 성격이다. 하지만 은우는 내 바람과는 정반대로 외모는 아빠 판박이, 성격은 엄마 판박이로 태어났다.

나를 너무나 닮은, 정확히 말하면 내가 싫어하는 모습을 닮은 아이를 마주하는 건 참으로 적나라한 일이었다. 처음에는 억지로라도 성격을 바꿔 주고 싶었다. 예민하고 내향적인 성격으로 사는 게 힘들었기에 아이만큼은 다르게 살기를 바랐다. 하지만 타고난 기질은 바꿀 수가 없었다. 30년 넘게 성격을 바꾸지 못하고 그대로 살고 있지 않은가? 있는 그대로 받아들이기로 하고 좋은 점을 찾기 위해 들여다보았다. 그런 모습이 분명 불편했지만, 안 좋은 점만 있었던 건 아니니까 말이다.

나는 예민한 성격 때문에 피곤하지만 대신 누구보다 민감하다. 그래서 주변 상황을 잘 살피고, 사람들의 기분 변화도 잘 알아차린다. 공감 능력도 좋은 편이다. 둔하고 눈치 없는 것보다는 낫다고 생각한다. 덕분에 주변 사람들의 고민을 잘 들어 준다. 외향적인 성격을 부러워했지만 내향적인 성격도 나름 괜찮다. 내면과 많이 대화하면서 혼자만의 시간을 통해 얻는 에너지도 상당하다. 낯선 사람들과 만나면 얼어 버리지만, 그들과 친해지면 누구보다 활달하고 장난기가 넘친다. 리더십도 있다. 조용하게 사람들을 이끄는 힘이 있다고들 한다. 대근육을 쓰는 일에 미숙한지라 위험해 보이는 일은 먼저 피한다. 그래서 살면서 크게 다쳐 본 적이 없다. 액티비티한 활동이 아니더라도 이 세상에는 즐길 것이 많기에 그리 심심하지 않았다.

'그래! 나도 이렇게 문제없이 잘 컸는데 뭐. 은우도 분명 잘 클 거야.'

'아! 우리 부모님은 날 어떻게 키운 거지? 거기에 힌트가 있지 않을까?'

일반적인 아이들을 두루 다룬 육아서보다 부모님의 육아법에 정답이 있지 않을까 하는 생각이 들었다. 그러면 거기서부터 정답을 찾아볼 일이다. 그런데 아무리 생각해도 특별한 비법은 없어 보였다. 그때는 지금처럼 육아에 정성을 쏟는 시절이 아니었다. 인터넷으로 정보를 얻을 수도 없었고, 육아의 중요성에 대해 체계적이지 않았다. 그저 대물림해 내려오는 어른들의 지혜로 키웠을 것이다.

"엄마, 우리 어릴 때 어떻게 키웠어?"

"너희는 그냥 알아서 컸어. 바쁘게 사느라 제대로 신경도 못 썼는데 잘 컸더라고."

"에이, 어떻게 애들이 알아서 커. 너무 오래돼서 잊은 거 아냐?"

조금은 시시하게 느껴지는 엄마의 답변에 힌트가 있다는 것을 나중에야 발견했다. 아이들은 '알아서 잘 클 수 있는 존재'라는 것 말이다. 물론 부모님은 기본적인 의식주와 안전한 환경을 제공해 주셨다. 그리고 아낌없는 사랑을 듬뿍 주시며 늘 믿고 지켜봐 주셨다.

“희영아, 너는 똑똑하고 현명해서 네가 하는 일은 모두 옳아. 뭐든지 잘 해낼 수 있는 걸 엄마 아빠는 믿어.”

“엄마 아빠가 착하게 살았으니 모든 복이 다 너희에게 갈 거야. 그러니 너는 분명히 지금보다 더 잘될 거야.”

어린 시절, 부모님이 늘 하시던 말씀이다. 매일매일 들은 말이라 너무나 당연한 진리였다. 덕분에 ‘나’에 대해 의심한 적이 없다. 아무리 힘든 일이 찾아와도 그저 툭툭 털어내며 ‘어차피 될 놈인데 뭐? ’ 하면 그만이었다. 정말이지 모든 일이 결국 잘 해결되었다. 늘 밝은 모습으로 긍정적인 말을 많이 해 주신 것이 부모님께 받은 최고의 유산이라고 생각한다. 무얼 하든 지켜봐 주시고, 결과가 어떻든 아낌없이 응원해 주시며, 늘 ‘너를 믿는다’는 메시지를 온몸으로 표현해 주셨다.

‘남들보다 조금 늦을 뿐, 결국은 무엇이든 잘 해낼 아이.’

나 역시 은우를 이렇게 정의하기로 했다. 또한 강력하게 믿고 있다. 유난히 발달이 늦은 아이를 키우면서 조급함이 없었다고 하면 거짓말이다. 나는 늘 불안했고 걱정이 많은 엄마였다. 기다림의 시간은 늘 힘들었다. 많이 울었고, 넘어지기도 했다. 하지만 그 숱한 어려움 속에서도 아이에 대한 ‘믿음’, 그것만은 저버린 적이 없다. 그 믿음이 바로 ‘나 자신’에게서 왔다는 것을 이제야 깨닫게 되었다.

## 미디어 절제를 위한 온가족의 노력

"오늘 우리 애가 감기 기운이 있어서 어린이집을 못 보냈는데 하루 종일 영상만 보고 있네. 은우는 늘 집에 있는데 영상 많이 보지? 그냥 보게 둬? "

기관에 보내지 않고 가정 보육을 한다고 하면 주변에서는 영상을 많이 보여 줄 거라고 생각한다. 하지만 전혀 그렇지 않다. 가정 보육을 하며 한 가지 철저하게 지키는 원칙이 있는데, 바로 '미디어 노출 최소화'다. 실제로 36개월까지 영상을 보여 주지 않았다. 안 그래도 말과 행동이 느렸기에 일방적 소통 수단인 미디어 노출이 도움이 되지 않을 거라고 생각했다.

은우가 백일 무렵일 때부터 거실 TV의 코드를 빼 두었다. 주변을 탐색하기 시작하는 순간부터 '누워서 TV 보는 엄마의 모습'을 보여 주고 싶지 않았다. 시도 때도 없이 붙잡고 있던 핸드폰도 육퇴 후에만 즐겼다. 대부분 시간에는 책이나 신문 등을 읽었다. 두꺼운 책이나 큰 종이신문을 이리저리 펼치며 읽고 있으면 호기심과 궁금함에 열심히 기어 왔다. 돌도 안 된 은우에게 경제에 관한 기사를 읽어 주고, 그림이나 사진을 보며 설명해 주었다. 어른들에게도 어려운 용어가 잔뜩 나오지만 집중해서 곧잘 들었다. 하다못해 제품 설명서의 책자나 라면 봉지의 조리법까지도 재미있게 읽어 주었다. 모든 활자를 진지하게 읽는 엄마의 모습을 보며, '읽는 것은 즐거운 것이구나'를 느끼기를 바랐다.

"엄마, 하루 종일 심심할 텐데 TV 봐도 된다니까. 코드 꽂아 놓을 테니까 편하게 TV 보세요."

"요즘 젊은 엄마들이 얼마나 똑똑하게 육아하니? 너희 키울 때랑은 다른 거 엄마도 알아. 은우랑 같이 책 보면서 놀면 되니까 걱정하지 말고 어여 출근 준비해."

생후 8개월부터 친정엄마에게 은우를 맡기고 출근하면서까지 나의 원칙을 강요할 수는 없었다. 하루 종일 은우와 씨름하느라 고생하시는 모습을 보면 죄송한 마음이 큰데, 유일한 낙인 TV까지 뺏을 수는 없기 때문이다. 엄마가 도착할 시간에 맞춰 일부러 TV를 틀어 두어도 바로 코드를 뽑으셨다.

친정엄마는 20여 년 전 뇌출혈 수술을 받고 장애를 갖게 되었다. 언어 쪽을 담당하는 뇌를 다쳐 말이 어눌하고, 글 읽는 것이 편치 않다. 혹여라도 본인의 어눌함이 영향을 끼치지 않을까 걱정하셨을 것이다. 그런데도 여러 불편함을 무릅쓰고 매일 책을 읽어 주셨다. 한 글자 한 글자 속도는 느리지만 사랑스러운 눈빛과 생생한 표정으로 책을 읽어 주는 모습이 뭉클했다. 내 책 중 두꺼운 책을 꺼내 더듬더듬 읽기 연습도 하시고, 문화센터에서 취미로 배우는 우쿨렐레를 함께 두드리며 악보를 쥐여 주기도 하셨다. 좋아하는 TV를 보는 대신 당신만의 방식으로 딸의 책 육아를 열렬히 응원해 주셨다.

"TV를 아예 없애 버려야겠어!"

거실에 있는 TV와 소파를 방으로 넣고 거실을 서재로 만들겠다는 계획에 남편도 기꺼이 동참해 주었다. 소파만은 절대 포기할 수 없다는 남편도 많다던데 반대하지 않은 것만으로도 고마웠다. '식탁과 침실에서는 핸드폰 사용하지 않기'라는 규칙도 만들었다. 식사 시간과 잠자리 시간에 가족이 도란도란 이야기를 나누는 문화를 만들고 싶었기 때문이다. 일명 '핸드폰 사용 존'도 따로 만들었다. 카톡이나 웹서핑 등 것은 서재 책상에서만 하기로 약속했다. 저절로 핸드폰 사용 시간이 줄었다.

36개월까지는 영상 노출 제로로 키웠지만, 그 이후부터는 은우와 규칙을 정해 하루에 일정 시간만 보여 주고 있다. 네 살에는 20분, 다섯 살부터 여섯 살까지는 40분, 일곱 살이 된 지금은 최대 60분이 하루 동안의 미디어 활용 시간이다. 만화영화보다는 독서와 교육 관련 콘텐츠 위주로 활용하고 있다. 은우는 감시하는 사람이 없어도 정확히 시간을 체크하며 미디어 기기를 사용하고 있다. 스스로 알람을 맞추고 알람이 울리면 스스로 태블릿을 끄는 습관을 들였다. 가끔 5분 정도 더 남았으니 영상을 마저 보라고 해도 괜찮다면 다른 놀이를 하러 가는 날이 많다. 그 모습을 보며 또래를 키우는 부모들이 놀라기도 했다.

디지털 시대를 살아가는 세대인 만큼 미디어 노출을 언제까지 막을 수만은 없기에 적절하게 활용할 수 있도록 가르쳐 주는 것이 중요하다. 무엇보다 스스로 절제하는 힘이 필요하다. 그래서 어른이 먼저 절제하는 모습을 보여 줘야 한다. 부모는 하루 종일 핸드폰을 만지고 TV를 보면서 아이만 통제할 수는 없기 때문이다. 엄마, 아빠, 할머니 등 어른들이 먼저 올바른 기기 사용법을 보여 주었기에 은우에게도 잘 통한 게 아닐까? 아이들이 영상에 재미를 더 느끼는 순간 책을 멀리한다고 생각한다. 책보다 더 재미있고 자극적인 것이 있는데 책을 볼 리 없기 때문이다. 이것이 다른 것에는 모두 언터치하지만 미디어 기기 사용에는 철저하게 터치하는 이유다.

## 언터치 육아로 심심함을 견디는 힘을 기르다

아빠와의 육아가 시작된 지 1년 후, 고민 끝에 나 역시 퇴사했다. 기관에 보내지 않고 가정 보육으로 돌보며 돈을 벌 수 있는 환경을 만들었다. 남편은 틈틈이 이커머스 사업에 도전했고, 나 역시 직장 생활을 하면서 온라인 인플루언서 활동을 병행했다. 힘든 노력 끝에 둘 다 출근하지 않고 온라인으로 돈을 벌게 되었다. 온 가족이 하루 종일 함께 있는 일상이라 예전에 제주 100일 살기를 하던 때로 돌아간 것만 같았다.

오전 10시, 햇살이 적당히 포근한 시간에 은우가 부스스 잠에서 깼다. 귀여운 까치집 머리에 엉클어진 잠옷, 애착 인형인 토순이를 안고 눈을 부비며 다가왔다. 모닝 인사를 하면서 뽀뽀와 스킨십을 나누고 은우는 소파로 가서 멍하게 앉았다. 무언가를 골똘히 생각하더니 다시 침실로 가서 책을 한 무더기 들고나왔다. 어젯밤에 잠들기 전에 읽었던 책이다. 거실로 쏟아지는 햇살을 맞으며 자연스럽게 책에 빠져 한참을 들여다보았다. 나도 읽던 책을 마저 읽으며 오전 시간을 보냈다.

"은우야, 우리 오늘은 몇 시에 나갈까? 가고 싶은 곳 있어?"

"오늘은 송악산에 가서 동굴을 보고 싶어요."

"그래? 너무 어두울 때 가면 안 되니까 오후 3시쯤에 나가자! 대신 업무를 해야 하니까 그 시간까지는 방해하면 안 돼. 알겠지?"

간단히 아점을 먹으며 오늘 일정을 상의했다. 엄마 아빠의 업무가 끝나야 함께 시간을 보낼 수 있음을 설명하고, 그 시간까지는 혼자 시간을 보낼 것을 당부했다. 은우와 24시간을 함께하지만 서로의 시간을 존중해 주는 것! 가정 보육을 위한 우리 집의 규칙이다.

식사를 마친 후, 은우는 큰 전지를 바닥에 깔고 크레파스와 사인펜을 가져와 하얀 종이 위에 그림을 그렸다. 도로 그리기에 푹 빠져 있다. 방을 가득 채운 전지에는 어느덧 교차로, 주차 라인, 터널, 표지판, 톨게이트 등이 채워졌다. 전체적인 설계도가 머릿속에 있는 것처럼 거침이 없다. 생생하고 구체적인 도로가 금방 완성되었다. 주차장에는 '버스전용', 도로에는 '위험구간'과 같은 글자도 썼다. 기역, 니은도 배운 적이 없지만 본인이 좋아하는 것과 관련된 글자들을 흉내 내 그리며 한글을 익혔다. 도로 그리기가 끝나면 자석 블록을 가져왔다. 앞서 그린 그림 위에 입체적인 건물들이 들어섰다. 집과 나무가 있고, 걸어 다니는 사람들과 동물 친구들도 있다. 창의력 넘치는 상상력을 발휘하며 멋진 도시를 꾸몄다. 그 속에 담긴 무한한 스토리와 함께 만들었다.

신나게 놀던 은우의 인기척이 들리지 않았다. 방금까지 옆에서 도시를 만들고 있었는데 어느 순간 보이지 않았다. 걱정스러운 마음에 거실로 나가보니 책장 앞에 앉아 책을 쌓아 놓고 보고 있다. 어찌나 집중했는지 가까이 가도 알아채지 못했다. 아직 글씨를 모르니 그림만 보고 이야기를 만들어 읽고 있었다. 생생하고 재미있게 이야기를 만들고, 책을 읽어 주던 엄마 아빠 목소리를 제법 비슷하게 흉내 내며 읽었다. 몰입 시간을 방해하지 않기 위해 아는 체하지 않고 다시 내 방 서재로 향했다.

은우와 약속한 3시까지 한 시간 남았다. 여전히 거실은 조용했다. '아직도 책을 보고 있나?'라는 궁금증에 다시 거실로 나갔다. 집 안이 온통 초토화되어 있다. 책으로 도미노 놀이를 했는지 여기저기 널브러져 있다.

"아후, 심심해. 심심해 죽겠다!"

은우는 책 무더기 위에 누워 온몸을 비틀며 심심함을 표현하고 있었다. 그 모습이 귀여워서 웃음이 나왔다. 기관에 보내지 않고 언스쿨을 결심한 이유는 이러한 시간을 주기 위해서였다. 바로 '심심함에 몸부림치는 시간'이다. 아이에게는 심심함에 몸부림치는 시간이 꼭 필요하다고 생각했다.

한참 천장을 바라보며 멍을 때리던 은우는 눈앞에 보이는 빨간 끈 두 개를 발견하고 벌떡 일어났다. 평범한 끈 두 개로 전혀 다른 새로운 놀이를 만들었다. 좋아하는 도로가 되었다가, 토끼 인형을 구해 주는 밧줄이 되었다가, 예쁜 하트가 되었다. 끈을 여러 개 이어 거실 바닥에 대형 미로를 만들기도 했다. 본인만의 방식으로 약속된 시간을 충실히 보내는 모습이 기특했다.

가정 보육을 한다고 하면 어떻게 하루 종일 시간을 보내느냐는 얘기와 힘들지 않느냐는 걱정을 많이 듣는다. 만약 24시간 내내 함께 시간을 보내야 한다면 나 역시 금방 지쳤을 것이다. 하지만 가정 보육의 목표는 은우와 시간을 보내는 것이 아니라 '심심해하는 시간을 주는 것'이다. 그 시간을 스스로 채울 수 있는 힘을 길러 주고 싶다.

## 아이에게는 여백의 시간이 필요하다

오랜만에 제주에 놀러 온 지인들과의 식사 자리가 길어졌다. 오랜만에 만나 반갑기도 하고 적당히 술도 해서인지, 기분 좋은 알딸딸함에 이야기가 끊이지 않았다. 한참 전에 식사를 끝낸 아이들이 제법 지루해질 시간, 두 돌부터 초·중등학생까지 다양한 연령이 모두 스마트폰을 들고 있었다. 스마트폰을 직접 조작하며 영상에 빠진 아이들 사이로 은우만 창밖을 보면서 멍을 때리고 있었다. 옆 친구가 무얼 그리 재미있게 보는지 잠깐씩 들여다볼 뿐 영상을 함께 보지는 않았다. 영상을 보고 싶다거나 스마트폰을 달라고 떼를 쓰지도 않았다. 무얼 할까 잠시 고민하더니 가방에 싸 온 장난감과 책을 주섬주섬 꺼내 혼자서 놀기 시작했다.

"어머, 은우는 스마트폰 달라고 안 하네요? 영상을 안 보나 봐요?"

"오늘 약속한 시간을 다 채워서 그런가 봐요. 집에서는 애들하고 똑같이 영상 보는 걸 좋아하는데, 밖에서는 영상을 안 보기로 약속했거든요."

"네? 그 약속을 지킨다고요? 그게 더 대단한데요?"

'아, 여섯 살에 스스로 자제하는 게 대단한 거구나.'

다른 아이들을 보며 새삼 느꼈다. 기관에 다니지 않기도 하고, 고립된 시골 생활을 하다 보니 다른 또래 친구들은 어떤지 잘 몰랐기 때문이다. 오히려 은우보다 어린 아이들이 유튜브 영상을 자유롭게 조작하는 모습이 나에게는 더 생경했다. 식당에서 한참 멍을 때리던 은우는 앞에 보이는 종이컵을 두 개만 달라고 했다. 집에서 가져온 사인펜을 꺼내 종이컵에 그림을 그리고, 냅킨을 접어 동물 친구들을 만들었다. 나무젓가락과 이쑤시개로 탑을 쌓기도 했다. 식당 테이블이라는 제한된 공간에서 무수한 놀이를 만들며 혼자 놀았다.

"도대체 비법이 뭐예요? 우리 애는 하루 종일 영상을 봐서 미치겠어요."

아무리 생각해도 특별한 비법은 생각나지 않았다. 아주 어릴 때부터 온 가족이 노력해 만든 규칙을 지키는 것뿐이었다. 굳이 비법이라면, '아이에게는 심심함에 몸부림치는 시간이 필요하다'는 교육 철학 아래 멍때리는 시간을 많이 준 것이 큰 역할을 한 것 같다. 심심한 시간을 스스로 채우는 힘을 길러 준 것, 영상보다 더 재미있는 것을 주도적으로 만들도록 시간을 준 것이 도움이 되었다. 더 재미있는 것이 있기에 굳이 영상을 찾지 않는 것이다.

아이들은 심심함을 견디지 못하고 빠른 자극을 얻는 미디어를 찾곤 한다. 이는 어른들도 마찬가지다. 시간이 붕 뜰 때 '아무것도 하지 않아도 된다는 것'을 배운 적이 없다. 그래서 자기도 모르게 무의식적으로 스마트폰을 집어 든다. 지하철이나 버스 등의 공간에서 스마트폰을 보지 않는 사람을 찾기가 더 힘들 정도다. 여백의 시간이 생겼을 때 심심함을 견디는 것, 그 시간 동안 멍을 때리거나 사색을 하는 것이 필요하다. 그 과정에서 생각지도 못한 아이디어를 떠올릴 수 있으며, 이런 시간을 통해 상상력과 창의력을 기를 수 있다. 아이에게는 여백의 시간이 필요하다.

# 가정 보육과 어린이집 생활 중 어떤 게 더 나을까요?

**A. 각각 장단점이 있는 것 같아요.**
**제 경험을 공유해 볼게요.**

## 어린이집의 장점

### ❶ 사회성

가정 보육을 오래 하면서 가장 많이 들었던 염려는 '사회성'이다. 친구들과의 소통, 선생님과의 상호작용, 단체 생활 적응 등을 하다 보면 그 나이에 배울 수 있는 사회성을 배울 수 있다.

### ❷ 자립심

아무래도 집에 데리고 있으면 엄마나 아빠가 해 주는 것이 많은데, 부모의 손을 떠나 단체 생활을 하다 보면 자립심을 키울 수 있다.

### ❸ 배려심

단체 활동을 하면 지켜야 할 규칙이 있다. 그 과정을 통해 상대방을 배려하고, 친구에게 양보하며, 다른 사람을 존중하는 것 등을 배울 수 있다.

### ❹ 엄마의 에너지 충전

어린이집에 보내는 가장 큰 장점이 아닐까? 잠시라도 아이와 떨어져 엄마만의 시간을 보내며 에너지를 충전할 수 있다. 실제로 가정 보육의 가장 힘든 점은 아이와 24시간 함께 있는 것이다.

### ❺ 영양 잡힌 식단과 간식

요리를 잘 못하는 엄마이기에 아이의 세끼 식단과 간식을 챙겨 주는 것이 힘들었다. 어린이집에서는 영양소를 골고루 신경 쓴 다양한 식단이 제공되는 것이 장점이 될 수 있다.

### ❻ 전문가의 적절한 교육 자극

요즘 어린이집에는 미술, 체육, 음악 수업 등 다양한 활동이 있고, 활동별로 외부 강사도 많이 온다. 바깥 활동과 현장 체험도 다양하게 진행된다. 커리큘럼에 따라 교육 전문가들의 수업을 받을 수 있다는 점이 좋다.

### ❼ 규칙적인 생활

어린이집에 다니면 식사 시간, 낮잠 시간, 등·하원 시간 등이 정해져 있기 때문에 규칙적인 생활을 할 수 있다.

## 가정 보육의 장점

### ❶ 잘 아프지 않음

가정 보육의 가장 큰 장점으로 꼽는 것이다. 은우는 온 가족이 함께 걸린 코로나19와 독감 이외에는 아픈 적이 없다. 흔한 감기나 장염으로 고생한 적도 없다. 어린이집에 다니는 아이들이 감기나 유행 질병 등으로 자주 아픈 경우가 많은 것을 보면 큰 장점이라고 생각한다.

### ❷ 아이를 잘 파악할 수 있음

함께 있는 시간이 길다 보니 파악할 수 있는 시간도 많다. 아이의 성향, 좋아하는 것, 싫어하는 것, 특이한 버릇과 습관 등을 잘 알 수 있다. 반대로 아이도 부모를 파악하며 맞춰 가는 시간을 보낼 수 있다.

### ❸ 아이에게 맞는 양육 방식

아이의 성향을 파악해 알맞은 양육 방식을 선택할 수 있다. 세상의 기준이 아닌 우리 아이 맞춤 양육을 할 수 있는 것이다.

### ❹ 안전한 환경 제공

모든 기관이 그런 것은 아니지만, 한 번씩 나오는 어린이집 사고 소식을 들으면 불안한 마음이 드는 것은 어쩔 수 없다. 어찌 됐든 24시간 내 눈앞에 있으므로 마음이 놓인다.

### ❺ 유연한 일정 선택

아이의 관심사에 따라 그날의 일정을 자유롭게 선택할 수 있다. 정해진 등·하원 시간이 없으므로 기상과 취침 시간도 유연하게 바꿀 수 있다.

### ❻ 비교 대상 없음

또래보다 느렸던 은우를 키우면서 가장 힘들었던 것은 주변과의 비교였다. 가정 보육을 하면 비교 대상이 없으므로 남들과 비교하지 않고 우리 아이의 성장에만 집중할 수 있다.

### ❼ 경제적 이익

아이를 집에 데리고 있는 것도 돈이 들긴 하지만 수당을 직접 받을 수 있다는 장점이 있다. 양육 수당과 아동 수당을 합치면 월 20~30만 원 정도가 된다. 그 돈을 착실히 모아 아이 명의로 주식을 했더니, 일곱 살에 주식 부자가 되었다.

## 언스쿨과 홈스쿨의 차이가 궁금해요.
## 언스쿨링은 공부를 아예 하지 않는 건가요?

**A. 언스쿨링도 공부를 합니다.**

**다만 무엇을 공부할지 아이 스스로 정하는 것이 특징이에요.**

* **홈스쿨링**: 집에서 학교 업무를 대행하는 일, 자녀를 학교에 보내지 않고 부모가 직접 행하는 교육 형태
* **언스쿨링**: 학교 교육 중심이 아니라 아이가 원하는 것을 원하는 때에 학습하는 학습자 중심의 교육 형태

홈스쿨링은 학교에 보내지 않을 뿐 교육과정에 맞추어 집에서 공부를 시킨다. 부모가 직접 가르치거나, 필요한 경우에는 학원이나 과외 등 전문가의 도움을 받기도 한다. 학교 교육과정에 맞게 진도를 나가기에 기본적으로 정해진 커리큘럼과 공부량이 있다. 또래 친구들만큼 학습이 되었으므로 다시 학교에 돌아갈 경우 학업을 따라가기 쉽고, 검정고시나 대학 입시에도 도움이 된다.

반면, 언스쿨링은 정해진 커리큘럼이 없다. 학교 교육과정에서 벗어나 학습자 스스로 배우고 싶은 것을 결정해 자체적으로 학습하는

방식이다. 아이의 관심사가 우선이기에 부모로서 그 어떤 것도 주도하지 않는다. 사회가 정한 기준이 아닌 본인의 기준대로 배워 가기에 또래 친구보다 앞서는 분야가 있을 수 있고, 반대로 뒤처지는 분야가 있을 수도 있다. 모든 것을 스스로 선택하면서 자기주도 역량을 키울 수 있다는 장점이 있다. 언스쿨링에서 가장 중요한 것은 '자발적인 호기심'이다. 세상을 탐색하다가 갖게 되는 호기심에서 더 알고 싶은 욕구가 시작되고, 그것이 배움과 학습으로 확장된다. 그렇기에 호기심을 발견하게 만드는 환경이 중요하다.

예를 들어, 은우는 또래 남자아이들이 그렇듯 자동차와 도로를 좋아했다. 처음에는 도로가 나와 있는 지도를 좋아해 국내는 물론 세계 여러 나라의 지도 탐색하기를 즐겼다. 저절로 다양한 나라의 이름을 알게 되고, 관련 책들을 보며 그 나라들에 대해 공부하기 시작했다. 언어와 종교 등의 문화를 익히고, 면적을 비교하며 헥타르와 제곱킬로미터 단위를 배우고, GDP와 같은 용어를 통해 경제 개념도 공부했다.

"엄마, 아프리카는 왜 프랑스어를 많이 쓸까요?"

"글쎄? 엄마도 왜 그런지 궁금하네. 우리 더 알아보고 다시 이야기해 보자."

(며칠 뒤)

"엄마, 예전에 아프리카가 프랑스의 식민지여서 그렇대요. 그런데 식민지가 뭐예요?"

(또 며칠 뒤)

"엄마, 저 이제야 알았어요. 3·1절에 대한 독립 만세를 한 건

일본이 우리나라를 괴롭혔기 때문이잖아요. 그게 바로 식민지예요."

은우의 질문에 먼저 답하지 않고 스스로 답을 찾아가도록 기다려 주었다. 그 결과 식민 지배가 왜 생겨 났는지, 우리나라는 일본의 식민지였지만 왜 일본어를 안 쓰고 한국어를 쓰는지, 그렇다면 또 다른 식민 지배를 받은 나라는 어디인지 등을 스스로 공부했다. 언스쿨링은 공부를 안 시키는 교육법이 아니다. 그저 무엇을 공부할지 아이가 정하도록 시간을 주는 것이다. 현재 일곱 살인 은우는 누구보다 열심히 세계사를 공부하며 견문을 넓히고 있다. 이렇듯 언스쿨링으로도 얼마든지 깊이 학습할 수 있다.

The Endangered Animals (Red List)
From the harsh attack of tree deforestation, many animals are going extinct and some we even don't know about! Some of these animals ,or plants, could fix cures such as: cancer, asthma and burns. Those could of dealt damage to others, what if there was a plant to cure all illnesses and it just went extinct and we knew absolutely nothing about its origin? There's so much possibilities that one might of just disappeared as we speak and that could of been a cure for a virus or dementia. We have just wasted an opportunity to save innocent people. We will soon fall to the hands of our reckless selves.

# <아이의 자기주도 관련 추천 도서>

*Recommended Books*

**「놓아주는 엄마 주도하는 아이」**

윌리엄 스틱스러드,
네드존슨,
쌤앤파커스

"아이에게 필요한 부모의 역할은
자기 주도성과 삶의 통제감을
길러 주는 것이다."

현대 사회에서 많은 부모가 아이의 경쟁, 게임 중독, 불안 등으로 고민한다. 저자는 아이가 자기주도성을 키우는 것이 성공적인 삶의 핵심임을 강조하며, 부모가 어떤 역할을 해야 하는지를 구체적으로 설명한다. 이 책을 통해 아이에게 진정으로 필요한 부모의 역할이 무엇인지 깨닫게 되었다. 실제 사례를 통해 이해하기 쉽게 설명되어 있어, 초보 부모도 부담 없이 읽을 수 있는 유용한 육아 가이드다.

### 「해냄 스위치를 켜면 혼자서도 잘하는 아이가 됩니다」

임가은, 멀리깊이

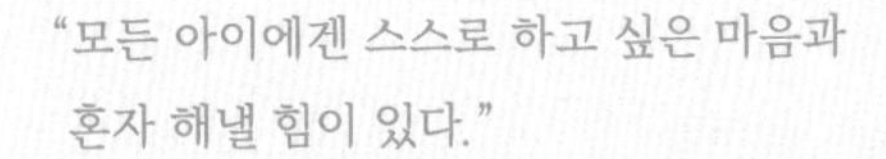

“모든 아이에겐 스스로 하고 싶은 마음과
혼자 해낼 힘이 있다.”


엄마의 간섭과 조급함을 내려놓고 아이의 자기 주도성을 온전하게 받아들이는 순간을 ‘해냄 스위치를 켜는 순간’이라고 정의한다. 이 책을 읽으며 내가 과잉 육아를 하고 있지는 않은지 돌아보게 되었다. 4~7세 아이들이 스스로 학습하고 독립적인 생활을 할 수 있도록 돕는 실질적인 육아법을 소개하고 있어, 초등학교 입학을 앞둔 부모들에게 추천한다. 이 책을 통해 간섭과 잔소리를 줄이고 아이의 자율성을 높이는 다양한 시스템과 팁을 배울 수 있다.

### 「성공하는 아이는 넘어지며 자란다」

달린 스윗랜드,
론 스톨버그, 피카출판사

“아이의 실패와 좌절을 응원하라!
그만큼 아이는 성장할 것이다.”

이 책은 아이의 실패와 좌절을 두려워하지 말고 성장의 기회로 삼으라고 조언한다. 부모가 개입하는 것이 오히려 아이의 성장에 방해가 될 수 있기 때문이다. 아이 스스로 문제를 해결하고 자신감을 얻는 과정이 중요하다. 또한 미래를 위한 다섯 가지 핵심 기술을 소개하며 아이가 직접 경험하고 배우는 것의 중요성을 강조한다. 이 책을 읽으며 부모의 조급함을 내려놓고 아이 스스로 해결해 나가는 모습을 지켜보는 것이 진정한 육아임을 깨닫게 되었다.

# *Chapter. 4*

## 책 육아에도 언터치가 필요해

## 전집으로 채워 가는 엄마의 욕심

"어머, 어쩜 애가 이렇게 책을 좋아해?"

돌이 갓 지났을 무렵, 장난감보다도 책을 더 좋아하는 은우에게 건네는 말에 내심 뿌듯했다. 어린 아기가 혼자서 1~2시간씩 집중하며 책을 들여다보는 모습을 보며 모두 신기해했다. 책 좋아하는 아이로 자라기를 바라는 것은 모든 엄마의 소망이 아닐까? 특히 학원 강사를 하며 '책 읽기'의 중요성이 학업 성취에 얼마나 많은 영향을 끼치는지 실감했기에 그런 모습이 반갑고 기특했다. 그저 욕심 없이 지금처럼 책과 함께 뒹굴며 가장 친한 친구로 자라기를 바랐다.

처음에는 주변에서 얻어 온 책 몇 권이 전부였고, 어린이 도서관의 영유아실을 다니며 책을 다양하게 접하게 했을 뿐이었다. 하지만 은우가 커 갈수록 나도 모르게 욕심이 생겼다. 소위 말하는 '엄마표 책 육아'에 관심을 갖게 되었고, 책 육아 정보를 얻을 수 있는 인터넷 카페에서 살다시피 했다. 하루의 대부분을 책을 검색하거나 책 육아 방법을 공부하는 데 썼다. 연령별로 사야 할 책은 왜 그렇게 많은지 창작 동화, 지식 동화, 영어 동화, 수학 동화, 전래 동화 등 분야별로 골고루 구비하지 않으면 뒤처질 것 같아 불안했다. 또 책이 비싸기는 어찌나 비싼지, 웬만한 전집은 수십만 원대였다. 책 육아에 관심이 생길수록 쓰는 돈과 시간이 늘어났다.

인플루언서가 추천하는 책, 내가 보기에 괜찮아 보이는 책을 모두 구매했다. 거실에는 책장이 점점 늘어갔고, 금방 은우 책으로 가득 차기 시작했다. 책장을 비싼 전집으로 채워 갈수록 좋은 환경을 제공해 주었다는 생각에 뿌듯했다. 지금처럼 다양한 책을 골고루 보며 책을 좋아하는 아이로 자라기를 바랐다. 하지만 현실은 달랐다.

"은우야! 이건 안 돼! 다른 책 갖고 놀아!"
"이게 얼마짜리 책인데, 보라고 사 준 걸 왜 밟는 거야!"

평소처럼 책으로 탑을 만들고 그 위를 밟고 노는 은우에게 정색하며 달려가 말렸다. 당장 옮겨 앉힌 후, 다시 책을 가지런히 정리하느라 바빴다. 얼마 전까지만 해도 책으로 노는 모습을 기특하게 바라보던 나는 비싼 전집이 행여나 망가질까 봐 노심초사하게 되었다. 놀이를 할 거면 물려받은 책이나 중고로 사 온 책으로 놀라고, 여기 있는 책들은 새 거니까 안 된다고 설명하며 손이 닿지 않는 위 칸으로 옮겨 꽂았다. 책을 골고루 보라며 다양한 전집을 종류별로 들였으면서 함부로 만지면 안 된다고 성화인 엄마를 보며 혼란스러웠을 것이다.

은우는 책장 앞에 갈 때마다 엄마의 눈치를 살피며 책을 보았고, 그런 일이 반복되자 책에 흥미를 잃게 되었다. 그러다가 점점 책장 앞으로 가던 발길을 아예 끊게 되었다. 본인이 그렇게 좋아해서 외출할 때도 꼭 챙겨 다니던 책들마저 거들떠보지 않았다. 싫다는 은우를 붙잡고 책을 억지로 읽어 주려 했지만 떠난 마음을 붙잡기는 어려웠다. 책을 좋아하는 아이였기에 다양한 책을 많이 사 주면 더 좋아할 것이라고 생각했다. 그런데 왜 마음처럼 되지 않는지 속상했다. 그사이 추천 연령에 맞게 구매한 책들의 시기가 지나 버리면 아까울 것 같아 조바심마저 들었다.

'내가 하고자 하는 책 육아는 과연 누구를 위한 것일까?'
'뭐가 어디서부터 어떻게 잘못된 거지?'
'다시 예전으로 돌아가기 위해서는 무얼 어떻게 해야 할까?'

## SNS 속 아이와 내 아이는 다르다

원래 나는 유행하는 SNS에 가입도 안 하고, 남들과 소통하는 것에 관심이 없었다. 출산 후 SNS를 시작했는데, 육아 기록과 예쁜 사진을 남기고 싶은 마음 때문이었다. 은우 사진을 주로 올리다 보니 같은 또래를 키우는 육아맘들을 팔로우했고, 육아 고민이나 궁금증이 생기면 검색하며 풀어 나갔다. SNS 속 엄마들은 왜 그렇게 멋져 보이던지, 매일 쩔쩔매는 나와 다르게 늘 완벽하게 육아하는 것만 같았다. 그들이 추천하는 필수 육아템을 쓰면 나도 육아 고수가 될 것만 같은 생각에 하나씩 구매하게 되었다.

책도 마찬가지다. 비슷한 또래를 키우는 엄마들이 추천하는 책들을 사야만 할 것 같고, 사지 않으면 책 육아에 관심 없는 엄마가 되는 것 같았다. 조바심에 구매하는 책이 늘었고, 거실 책장에는 더 이상 책을 꽂을 자리가 남아 있지 않아 책장도 새로 구입했다. 육아와 관련해 비교적 협조적이던 남편도 DIY 책장을 조립해 주며 넌지시 '이제 책 좀 그만 사지?'라는 표정을 지었다.

"오빠! 이것 좀 봐. 다른 집에 비하면 우리 집은 책 많은 편도 아니야. 다들 얼마나 책 육아에 열성인 줄 알아? 나도 다 생각이 있어서 구매하는 거니까 걱정하지 마!"

인스타그램 피드 속 책장으로 가득 찬 남의 집 거실 사진을 보여 주었다. 통창으로 부서지는 햇살이 가득한 넓은 집, 반짝반짝 빛나는 샹들리에와 대리석 바닥, 양쪽으로 가득 찬 슬라이드 5단 책장, 창가 쪽에는 작은 키에 맞는 전면 책장까지! 사진 속 아이는 잡지 사진에나 나올 법한 감각적인 빈백 소파에 앉아 그림처럼 책을 보고 있다.

'우리 아이도 이렇게 책을 좋아하면 좋겠다!'

하지만 더 솔직한 속마음은 '우리 집 거실도 이랬으면 좋겠다!'였다. 거실에 책장을 들일수록, 칸칸이 추천받은 전집으로 채울수록 책 육아에 대한 나의 로망도 커져 갔다. 책을 읽을 수밖에 없는 집안 분위기, 아이를 무릎에 앉히고 도란도란 책을 읽어 주는 엄마, 비싸게 주고 산 전집이 아깝지 않도록 골고루 잘 보는 아이까지! SNS 피드 속 장면처럼 만들고 싶은 욕망이 점점 쌓여 갔다.

하지만 현실 육아가 로망처럼 되던가. SNS 속에서는 그림처럼 예쁘게 책이 꽂혀 있지만 우리 집 거실은 책으로 난장판이었다. 은우는 책들을 이어 징검다리를 만들고, 도미노 놀이를 하고, 탑 쌓기 놀이를 하느라 매번 책을 다 꺼냈다. 안 그래도 좁은 거실은 양옆의 책장으로 인해 더 좁아졌고, 장난감과 책이 한데 엉켜 발 디딜 틈이 없었다. 그뿐인가? 책 육아의 기본자세라고 추천하는 무릎에 앉혀서 읽어 주기는 무조건 거부했다. 엄마가 읽어 주려고 하면 은우는 내 입을 막고 본인 귀를 막으며 멀리 도망갔다. 엄마가 읽어 주는 책은 죽어도 싫고 무조건 본인이 손에 들고 원하는 페이지만 반복해서 읽었다. 잠자리에 누워 무드등 아래에서 도란도란 읽어 주는 잠자리 책도 거부했다. 잠자리 책 육아의 로망마저 깨졌다.

그중 가장 조바심이 났던 것은 전집 60여 권 중 한두 권에만 꽂힌 점이었다. 꽂힌 책만 보고 또 보곤 했다. 자주 보는 책은 너덜너덜해져서 테이핑을 여러 번 덧댈 동안에 나머지 책은 열면 쩍쩍 소리가 날 만큼 새 책이었다. 비싸게 주고 산 책인데 아깝다는 생각을 안 할 수가 없었다. 책 육아 카페에서 얻은 조언대로 일부러 눈에 띄는 곳에 새로운 책들을 전시해 놓고 더 실감 나게 읽어 주기도 하고, 책으로 재미있는 놀이도 해 주었지만 완강했다. 비싸고 좋은 책보다 지인에게 얻어 온 낡은 책만 좋아했다. 도대체 왜 그러는 건지 초보 맘이었던 나는 답답하기만 했다. 은우를 위해 책 육아에 힘을 쓸수록 책과 더 멀어졌다.

그제야 회의감이 들었다. 책 좋아하는 아이로 키우고 싶어서 시작한 책 육아가 오히려 방해가 된 것이다. 차라리 예전에 아무 책들이 마구 꽂혀 있을 때가 수월했다. 은우가 무슨 책을 꺼내 들어도 기쁜 마음으로 지켜봐 주었고, 엄마가 먼저 권하지 않았을 때 책 보는 걸 편안해했다. 책으로 아무렇게나 놀아도 상관없었을 때, 좋아하는 책을 늘 지니고 다니며 함부로 뒹굴 수 있었을 때 아이는 진심으로 책을 좋아하고 즐겼다. 책과 멀어지게 만든 건 바로 나의 개입이었다는 걸 깨달았다.

추천 책은 그저 추천 책일 뿐이다. 모든 아이가 아닌 '그 집 아이'에게 맞는 책을 추천할 뿐이다. 우리 아이에게 맞는 책과 필요한 시기는 모두 다 다르다. 그렇다면 엄마의 역할은 무엇일까? 바로 SNS 속 다른 아이의 모습을 보는 것이 아니라 우리 아이를 관찰하는 것이다. 우리 아이의 관심사를 알아내고, 그 관심사에 함께 공감하는 것이다. 집에 책을 100권 들이는 것보다 단 한 권의 책이라도 아이와 소통하며 보는 것이 중요하다는 것을 뒤늦게야 알게 되었다.

## 언터치 책 육아

언터치 책 육아는 은우가 네 살 무렵일 때 시작되었다. '엄마의 개입이 없을 때 스스로 책을 찾게 된다는 것'을 깨닫고 책 육아에 힘을 빼기로 했다. 가장 먼저 한 것은 전집 구매 멈추기다. 각 연령 필수라는 책에 더는 흔들리지 않고, 그 시간에 은우를 관찰했다. 숲에서 솔방울에 관심을 보인 날은 집에 있는 책 중 '나무'나 '열매'와 관련된 책을, 바다에서 꽃게를 관찰하고 온 날에는 '바다 생물'에 관련된 책을 잘 보이는 자리에 슬그머니 꺼내 두었다. 관심을 보이면 함께 책을 보며 이야기를 나누고, 그냥 지나치면 나 역시 그냥 못 본 체했다. 엄마의 욕심을 덜어 내니 다시 예전으로 돌아가 본인만의 방식으로 책을 즐겼다. 꽂히는 책이 있으면 그 책만 몇 주 내내 들여다보고, 애착 인형처럼 끌어안고 자기도 했다.

"누가 보면 네 살에 고시 공부하는 줄 알겠네."

"그러게 말이야. 쟤 혹시 우리 몰래 글자 깨우친 거 아니지? 어떻게 글자도 모르는 애가 저렇게 집중해서 책을 볼 수 있지?"

가정 보육을 하며 기관에 다니지 않으니 굳이 일찍 재울 필요가 없었다. 낮에는 에너지 넘치게 뛰어놀고, 고요한 밤에는 차분히 책을 보는 것을 좋아했다. 밤늦도록 책장 앞에 스탠드를 켜고 본인 키보다 더 높이 책을 쌓아 놓고 집중했다. 분명 눈은 졸린 것 같은데 쌓아 둔 책이 바닥을 보일 때까지 멈추지 않았다. 몰입을 방해하지 않고 지켜보며 그 에너지에 감탄하곤 했다. 기다리다가 지쳐 먼저 잠들기도 했다. 그러면 은우는 거실을 정리하고 불을 끈 후, 가장 마음에 드는 책 한 권을 골라 침실로 들어왔다. 이부자리에서 읽던 책을 마저 끝내고 잠에 들었다. 아무리 봐도 네 살 고시생이 맞았다.

밤 독서 시간에 제한을 두지 않고 자유롭게 키우니 또래 친구들보다 늦게 잤다. 밤 12시에 잠이 들면 다음 날 낮 12시까지 깨지 않고 푹 잤다. 늦게 자느라 키가 안 크는 건 아닌지 걱정도 되었지만, 절대적인 수면 시간이 부족하지는 않으니 그냥 두기로 했다. 자기 싫다는 아이와 실랑이하면서 자정을 넘기느니 차라리 고시 공부하게 두는 것이 나았기 때문이다.

잠도 참아 가며 책 읽기를 좋아하다가도 어느 날은 갑자기 손에서 놓았다. 하루에 책을 한 번도 들여다보지 않고 책 놀이도 하지 않았다. 밤 독서는커녕 그 시간에 자동차 놀이에 빠져서 책장 앞이 아닌 놀이방에서 시간을 보냈다. 도서관에 가더라도 자료실에 들어가지 않고 계단만 반복해서 오르고 내렸다. 그 기간이 두어 달 지속되자 불안한 마음이 다시 올라왔다.

'이러다가 영영 책을 안 보는 거 아닐까?'
'그동안의 노력이 물거품이 되는 건 아닐까?'

붙잡고 앉아 책을 들이밀고 싶은 마음이 들었으나, 실수를 반복하지 않기 위해 원칙을 지키려고 애를 썼다. 어떠한 일이 있어도 절대로 책을 보라고 먼저 권하지 않았다. 권태기나 슬럼프가 찾아와 그런 거겠지 생각하며 기다려 주었다.

그런 걱정도 잠시, 새로운 호기심을 따라 탐험을 마치더니 다시 폭발적으로 책을 보기 시작했다. 예전보다 한 분야를 파고드는 집중력이 더 무서웠다. 관심사는 자동차와 도로, 달과 지구, 숲과 바다, 동물 친구들, 시계와 달력 등으로 퍼져 나갔다. 배움에 목마른 은우는 이제야 비로소 책을 읽어 달라고 요구했다. 두어 번 읽어 준 책은 금방 외웠다. 읽어 달라고 가져오는 책이 감당이 안 되어 힘든 날도 있었다. 몇 권만 반복적으로 읽어 달라고 하니 지겹기도 하고, 밤늦은 시간에 잠자리 책으로 20여 권을 가져오니 버거웠다. 하지만 이 시기가 길지 않을 것임을 알기에 기쁜 마음으로 요구를 들어주었다. 임시방편으로 녹음기에 녹음을 해서 쥐여 준 적도 있다. 학원 강사 특유의 직업병으로 기관지가 약해진 터라 금방 목이 쉬었기 때문이다. 은우는 밤마다 녹음된 엄마의 목소리를 듣고 또 들으며 다시 공부를 이어 갔다. 그래도 엄마가 직접 읽어 주는 책을 가장 좋아하기에 컨디션이 허락한다면 함께 책을 읽는 나날을 이어 갔다.

## 말이 트이자마자 정확한 문장을 내뱉다

네 살이 되었는데도 말이 트이지 않아 기다림의 시간이 길어졌다. '엄마, 물, 우유' 등의 아주 기본적인 단어만을 내뱉었다. 어린이집을 3개월 만에 그만두고 가정 보육을 하게 된 가장 큰 이유도 언어 문제 때문이었다. 답답한 마음에 병원을 찾아도 말만 느릴 뿐 의사소통이 되고 인지능력에도 문제가 없으니 좀 더 기다려 보자고만 했다. 느리지만 하루하루 커 가는 은우를 믿으며 기다리는 수밖에 없었다.

"36개월이 되어도 지금과 같다면 그때는 소견서를 써 줄 테니 큰 병원으로 가 봅시다."

세 돌이 되기 전 마지막 영유아 검사. 역시나 다른 능력에 비해 언어 능력만 확연히 느렸다. 선생님은 고민 끝에 기한을 주었다. 36개월까지 남은 시간은 약 두 달, 지금의 은우로서는 딱히 말할 생각이 없어 보였다. 이제 말이 트인다고 해도 또래보다는 한참 느린 수준이 아닌가? 이제는 나도 체념하고 대학병원 진료와 발달센터 상담 등을 알아보기 시작했다. 유명한 곳은 대기 시간도 엄청났다. 무엇부터 해야 할지 몰라 우왕좌왕 알아보고 대기부터 걸어 두었다. 마음의 준비를 단단히 하며 그날을 기다렸다.

은우의 네 살 생일을 며칠 앞둔 평범한 날이었다. 집에서 업무를 보던 나에게 다가와 말을 걸었다.

"엄마, 으누 목 말라효. 무울 주세효."
"어? 뭐라고? 은우야? 방금 뭐라고 했어?"
"아이참, 목 말라효. 무울 주세효."

두 손으로 목을 감싸며 목마른 시늉을 하며 또박또박 말했다. 나는 믿기지 않는 표정으로 몇 번이나 다시 확인했다. 바로 어제까지만 해도 목이 마르면 '무우! 무우!'라고 외쳤는데 하루아침에 완성된 문장으로 말을 건넸다. 어안이 벙벙한 엄마를 보며 그게 뭐가 대수냐는 듯 그동안 귀찮아서 말을 안 한 것뿐이라는 표정을 지었다. 어떻게 하루아침에 이럴 수 있는지 궁금한 마음에 며칠 뒤 병원을 찾았다.

"허허, 녀석. 이제야 말하고 싶어졌나 보네요. 금방 폭발적으로 말이 늘 겁니다. 이미 준비를 다 마쳤을 거예요."

의사 선생님의 얘기처럼 하루하루 말이 폭발적으로 늘었다. 그동안 어떻게 참고 있었는지 궁금할 정도로 다양한 말을 쏟아냈다. 한시도 입을 멈추지 않는 수다쟁이가 되었다. 기다리고 기다리던 감격스러운 날들이었다.

"바닷물이 반짝반짝 빛이 나서 눈이 부셔요. 바다하늘에 별이

떴나 봐요."

"오늘은 아빠랑 꽃을 보고 왔어요. 엄마랑 보면 더 예쁠 거예요. 다음에 같이 가요."

"엄마, 오늘 밤도 예쁜 꿈 꾸고 잘 자요. 꿈에서 만나면 은우가 꽈악 안아 줄게요."

그동안 자신을 믿고 기다려 준 엄마를 감동시키려고 작정한 모양이었다. 꼬마 시인은 매일매일 모두 다 담아내기 벅찰 정도로 예쁜 말들을 들려주었다. 말이 트인 날부터 책을 읽어 주는 것이 훨씬 더 재밌어졌다. 그동안 목이 터져라 읽어 주고 또 읽어 주었던 책들을 신기하게도 토씨 하나 틀리지 않고 줄줄 외우고 있었다. 한 줄씩 번갈아 가며 읽는 재미가 쏠쏠했다. 목이 쉬어라 책을 읽어 준 정성을 기억해 주는 것 같아 고마웠다.

또한 말이 트이자마자 어른들에게는 존댓말을 구사했다. 남편과 나는 서로 존댓말을 쓰지 않는데 어디서 배웠는지는 모르겠다. 그동안 수없이 읽었던 책에서 배운 것을 차곡차곡 담아 쏟아 내는 것이리라 추측할 뿐이다.

"(동화책을 읽어 주며) 그래서 엄청난 부자가 되었대. 은우도 부자가 되렴!"

"엄마랑 저는 부자 아니고 모자가 될래요. 엄마와 아들은 모자잖아요."

은우는 단어의 뜻을 정확히 구분하고 이와 같은 언어유희도 즐겼다. '하물며, 마침내, 기필코'와 같은 어휘도 상황에 맞게 사용했다. 네 살의 어휘력이 참 수준이 높다고 주변에서 놀랐다. 언터치 책 육아를 하며 어떠한 결과를 바란 것은 절대 아니지만 그래도 아웃풋이 되니 뿌듯했다.

은우의 성장은 아무 변화가 없어 보이는 일직선 구간을 지나 36개월을 기점으로 수직 상승했다. 보기에는 느려 보이지만 본인만의 속도로 충분히 자라고 있었음을 다시 한번 믿게 되었다. 18개월에 처음 걸음을 떼던 날이 다시금 떠올랐다. 걱정했던 것이 무색할 만큼 한 번에 바로 뛰던 날, 준비되기까지 시간이 필요하지만 그 누구보다 잘 해낼 수 있음을 확인했다. 그때의 감동을 말이 트인 날에 다시 느낄 수 있었다.

'다른 아이들과 비교하지 말자. 은우의 성장 그래프만 보자.'

## 키즈카페보다 도서관을 좋아하는 아이

"도대체 왜 들어가기 싫은 건데? 집에 뽀로로랑 타요 장난감이 차고 넘칠 만큼 좋아하잖아? 저기 들어가면 정말 재밌어! 한번 들어가기나 해 보자, 응?"

"시러효. 으누는 놀이공원이 시러효. 다른 데 갈래효!"

주차장에서 한참 실랑이했다. 은우 또래를 키우는 집의 필수 코스라 불리는 곳, 다른 아이들은 설레는 얼굴로 뛰어가기 바쁜 곳, '제주 뽀로로 & 타요 테마파크'다. 집 앞에 있는 이곳을 3년이 넘도록 한 번도 가 보지 못했다. 도민 할인을 받더라도 입장료가 만만치 않지만 다섯 살 생일을 맞아 큰맘 먹고 왔다. 사람 많은 곳을 싫어하지만 '이제 좀 컸으니 괜찮지 않을까?' 생각했는데 역시나 단호하게 싫다고 했다. 아예 눈을 감고 귀를 막으며 버텼다. 매우 불편하다는 표현이다. 살짝 허무해진 마음에 "됐다 됐어, 돈 안 쓰고 좋네 뭐"라는 예쁘지 않은 말이 나왔다. 막강한 고집에 결국 발길을 돌렸다.

실랑이를 마치고 근처에 있는 무료 개방 공원으로 갔다. 특별히 볼 것도 없고 사람들이 찾지 않아 시설도 노후한 곳이라 아니나 다를까 우리밖에 없다. 은우가 아니었다면 굳이 차를 세워 들리지 않았을 법한 곳에 들어서며 '은우에게는 최고의 장소겠구나!'를 직감했다. 예상대로 지치지 않는 체력으로 허허벌판 위를 뛰고,

구르고, 걸었다. 표정이 한결 편안하고 즐거워 보였다. 다섯 살 생일은 화려한 테마파크 대신 이름 모를 작은 공원에서 보냈다. 나뭇잎과 돌멩이를 가지고 한참 놀다가 잔디에 누워 팔베개를 하고 하늘을 바라보며 말했다.

"엄마! 오늘 하늘이 참 예뻐요. 구름도 예뻐요. 오늘 너무너무 재밌고 행복했어요! 내일 또 왔으면 좋겠어요!"

이렇게 좋다는데 무슨 이유가 더 필요할까? 뽀로로보다 구름이 더 좋다는 꼬마 시인에게 무얼 바란 걸까? 다음에는 그냥 처음부터 은우가 좋아하는 곳으로 와야겠다고 다짐했다.

다섯 살이 될 때까지 키즈카페를 두 번밖에 가 보지 않았다. 두 번 모두 테이블에만 앉아 있다가 기본 시간인 두 시간의 절반도 채우지 못하고 도망치듯 나왔다. 친구들이 있는 놀이존에 발을 디디지도 못하고 내내 불편해하는 모습이 답답하기도 했다. 가정 보육을 길게 하면서 사회성이 걱정됐기에 키즈카페에서라도 또래 친구를 만나게 해 주고 싶었다. 다른 친구들처럼 땀을 뻘뻘 흘리며 즐겁게 노는 모습을 제발 딱 한 번이라도 보고 싶었다.

'왜 또래 친구가 많은 곳을 불편해할까?'
'사회성에 큰 문제가 되지는 않을까?'

지금 와서 생각해 보면 무척이나 힘들었을 것이다. 시각과 청각이 예민한 은우에게 키즈카페는 그야말로 최악의 장소였다. 알록달록한 장난감과 쉴 새 없이 움직이는 친구들의 소란에 눈을 감고 귀를 막았다. 그 기억으로 한동안 키즈카페를 찾지 않고 있다. 그나마 테마파크는 실내 공간이 아닌 야외 공간도 있어서 괜찮겠거니 했는데 아직은 멀었나 보다. 재촉하지 말고 기다려 주는 수밖에.

대신 은우는 도서관을 좋아했다. 백일 무렵부터 유모차에 태워 동네 도서관을 자주 다녔다. 어린이도서관에는 좌식으로 되어 있는 영유아실이 따로 있어서 어린 아기를 데려가도 눈치가 보이지 않았다. 차분하고 고요한 분위기의 도서관은 시각과 청각을 자극하지 않았고, 어느 곳보다 편안해했다. 기고 걷기 시작하자 도서관을 휘젓고 다니기 시작했다. 형아들이 책 읽는 모습을 관찰하고 제법 비슷하게 따라 하거나, 살며시 뒤로 가서 함께 책을 봤다. 가끔 잘 챙겨 주는 누나들을 만나면 한참을 책상에 같이 앉아 누나들이 읽어 주는 책에 빠지기도 했다. 초등용 책이라 당시 서너 살이었던 은우에게는 버거울 만도 한데, 집중력을 잃지 않고 끝까지 함께 따라갔다. 영유아실에서 시간을 실컷 보낸 뒤에는 성인 자료실에 들렀다. 엄마가 책을 고르는 동안 조용히 엄마 뒤를 졸졸 따라다녔다. 빽빽이 꽂힌 서가의 책을 꺼내 만져 보기도 했다. 워낙 아기 때부터 도서관 예절과 주의사항을 말해 두었던 터라 다행히 난장을 부리진 않았다. 하긴

그건 알려 줘서 아는 게 아닐 터였다. 아마 도서관의 분위기와 다른 이들의 행동을 보고 스스로 배우지 않았을까 싶다.

지금도 매주 1~2회 도서관을 찾는다. 제주 곳곳의 도서관을 투어하는 동안 단골 도서관도 여럿 생겼다. 여전히 도서관과 키즈카페를 고르라고 하면 도서관을 먼저 고른다. 꾸준히 함께 다닌 보람이 있다. 한때 코로나19로 도서관이 폐쇄한 중에도 꾸준히 갔다. 실내에는 들어가지 못하더라도 텅 빈 주차장에서 공놀이도 하고, 붕붕카도 타고, 정원을 산책했다. 평소 편의점을 잘 들리지 않지만, 일부러 도서관 앞에 있는 편의점에서 군것질을 사 주기도 했다. '도서관'이라는 곳이 즐거운 공간으로 기억되길 바라는 마음에서였다. 자연스레 은우는 키즈카페보다 도서관을 좋아하는 아이로 자랐다. 처음 시작은 시각과 청각에 예민하다는 이유였지만, 점차 스스로 도서관이라는 공간을 즐기게 되었다.

## 책만 보는 우리 아이, 혹시?

'책 좋아하는 우리 아이, 영재일까? 자폐일까?'

요즘 드라마 <이상한 변호사 우영우>가 인기라고 하던데, 우영우 사진으로 만들어진 인스타그램 콘텐츠에서 손가락이 멈췄다. 자폐 스펙트럼 장애임에도 변호사가 된 우영우를 소개하며 몇 가지 체크리스트가 나와 있었다. 천재적인 두뇌와 장애를 동시에 가지는 경우가 있기에 주의 깊게 살펴보지 않으면 구별할 수 없다는 이야기였다. 은우의 느린 발달로 걱정이 많던 나는 심호흡을 크게 한 후 해당 콘텐츠를 눌러 보았다. 거기에는 다음과 같은 내용이 있었다.

**< 자폐 스펙트럼 장애 체크리스트 >**

□ 사람들과 교류하는 것보다 책 보는 것을 좋아한다.

□ 부모가 책을 읽어 주는 것보다 혼자서만 책을 보려고 한다.

□ 책을 보기 시작하면 대부분 2~3시간 집중한다.

□ 책에 몰입하면 이름을 부르거나 주변에서 소리가 나도 반응하지 않는다.

□ 한 권의 책이나 특정 페이지만 반복적으로 보는 경향이 강하다.

□ 한 가지 분야에 관심을 보이며 부분적인 천재성을 보인다.

읽으면 읽을수록 손이 덜덜 떨렸다. 눈물이 왈칵 차오르기도 했다. 체크리스트에 나온 대부분 항목이 은우를 설명한 것 아닌가 싶을 만큼 일치했다. 또래와 어울리는 것이 불편하고 서툰 아이, 그래서 책 보는 시간이 더 좋은 아이, 엄마가 책을 읽어 주는 것보다 혼자서 보려고 하는 아이, 대신 혼자서 책을 보아도 집중력과 몰입력이 무서울 정도인 아이, 특히 관심이 있는 분야만 파고들어 천재라고 생각될 만큼 두각을 나타내는 아이. 바로 우리 아들, 김은우 그 자체였다. 마음속 깊이 꾹꾹 눌러 두었던 두려움이 한꺼번에 솟구쳐 올라왔다.

은우는 어릴 때부터 말과 행동이 느렸다. 조금 느린 정도가 아니라 또래와 차이가 확연하게 느껴질 만큼 느렸다. 기본적인 의사소통이 힘들었고 감정적 교류 또한 서툴렀다. 잠깐 경험했던 어린이집에서도 특별한 아이 취급을 받았기에 오래 다니지 못하고 과감히 가정 보육을 선택했다. 재촉하기보다는 본인만의 속도로 성실하게 크고 있음을 믿으며, 천천히 자랄 시간을 주고 싶었다. 세상의 기준보다는 느리지만 부모만큼은 너의 성장을 믿고 있다는 무언의 메시지로 키우고 싶었다.

그렇게 마음먹었다고 해서 불안하지 않거나 걱정이 되지 않았다고 하면 거짓말일 것이다. 나는 누구보다 불안했고, 걱정도 많았으며, 매번 잘 크고 있는지 확인받고 싶었다. 혹여나 '믿음'이라는 핑계로 방치하고 있는 건 아닌지, 나의 '무지'가 성장을 방해하고 있는 건 아닌지 고비가 올 때마다 미안한 마음에 늘 나를 탓했다. 눈물로 키웠다고 해도 될 만큼 육아관과 교육

철학이 확고해 보이는 나도 사실은 매번 많이 흔들렸다.

'발달 장애와 지연의 경계에 있어 증상이 보이긴 하지만 대체로 아닌 것 같다. 하지만 아니라고 확정할 수는 없으니 일단 지켜보자.'

영유아 검사 때마다 이와 같은 알쏭달쏭한 답변만 들었다. 그 사실이 나를 더 미치게 했다. 그럼에도 나는 엄마니까 좋아질 거라 믿으며 최선을 다할 수밖에 없었다. 길고 긴 기다림 끝에 다섯 살을 기점으로 몰라보게 달라졌다. 남보다 늦게 트인 말이었지만 급격히 표현력이 늘었고, 지식을 흡수하는 속도가 엄청나게 빨라지면서 금방 또래를 따라잡았다. 걱정이던 의사소통과 감정 교류 문제도 사라졌다. 누구보다 공감력이 뛰어났고, 주변의 분위기를 잘 살폈으며, 하고 싶은 말을 다 하며 자라고 있다.

'책을 몇 시간씩이나 앉아서 보는 게 집중력이 좋은 게 아니고 자폐일 수 있다니.'

장장 5년이라는 기다림 끝에 드디어 마음이 놓였고, 자폐 스펙트럼이라는 단어는 멀어졌다고 생각했다. 그런데 갑자기 어느 드라마의 인기와 더불어 내 앞에 다시 나타난 것이다. 다시 예전으로 돌아간 것처럼 눈물로 밤을 지새우며 관련 글을 찾아 인터넷 세상을 떠돌았다. 느린 아이를 키우는 카페에 들어가 비슷한 사례를 검색하다 보면 긍정적인 이야기보다 부정적인 이야기에 훨씬 더 마음을 빼앗겼다. 다들 유명한 치료센터를 몇 달 전부터 예약해 찾아다니거나, 치료에 적극적으로 개입해 노력하고 있었다. 나만 무관심하고 무능력한 엄마가 된 것만 같은 생각에 더 우울해졌다.

## 책 육아를 하느라 놓친 것

이럴 때는 걱정만 한다고 해결되지 않는다. 전문가의 정확한 답변을 듣기 위해 근처에 있는 발달센터를 찾아보았다. 시내까지 나가야 해서 왕복 100km는 오갈 생각을 하고 있었는데 동네에 신규 센터가 오픈했다는 반가운 소식을 듣게 되었다. 그날 당장 예약하고 방문했다. 센터는 작고 아담했다. 선생님도 한 분이고, 다른 곳에 비해 기구나 교구가 다양해 보이지도 않았다. 그래서 더 마음에 들었다. 은우는 처음 접하는 자극에 예민한 편이라 규모가 큰 곳이나 사람이 많은 곳에서 얼어붙기 때문이다. 예상대로 이곳은 마음에 들었는지 거부감 없이 탐색을 시작했다. 자유로운 분위기 속에서 상담이 시작되었다. 선생님은 은우가 낯선 환경에서 어떻게 놀이를 하는지, 부모와는 어떻게 상호작용을 하는지 주의 깊게 살펴보았다. 틈틈이 기록하며 간단한 질문도 던졌다. 느린 발달 속도로 인해 그동안 겪은 어려움, 기관에 보내지 않고 가정 보육을 선택한 이유까지 차근차근 풀어놓았다. 선생님은 주의를 기울이며 천천히 들어 주었다.

"말이 느려서 전체적으로 발달이 느립니다. 소통이 미숙해 또래들과 어울리지 못해요. 밖에서는 에너지가 넘치지만, 집 안에서는 가만히 앉아서 책 보는 걸 좋아해요. 단순히 성격인 건지 아니면 다른 원인이 있는 건지 궁금합니다."

"그리고 사실 가장 걱정되는 부분은…."

차마 자폐 스펙트럼이라는 단어를 꺼낼 수 없었다. 입 밖으로 내뱉는 순간 현실이 될 것 같아 주저되었다. 그래도 가장 궁금했던 부분이기에 용기를 내어 물어보았다. 아니나 다를까 눈물이 주르륵 흘렀다. "그동안 참 애쓰셨네요"라는 선생님의 말에 눈물샘이 터져 버린 것이다. 이야기를 듣고 은우의 행동을 천천히 살피던 선생님은 전혀 뜻밖의 얘기를 했다.

"어머니, 제가 보기에 말이 느린 것 같지는 않아요. 아직 확 트이지 않았을 뿐이지 표현력이나 언어 구사력은 모두 좋습니다. 오히려 또래보다 앞서는 면도 있어요."

"네? 그렇게는 생각해 본 적이 없어서요."

"언어가 느리다고 발달이 느린 게 아닙니다. 오히려 그 반대입니다. 행동 발달이 느려서 말이 느린 것처럼 느껴지는 거예요. 특히 대근육 발달이 눈에 띄게 느리네요."

"네? 소근육 발달이 아니고요? 젓가락질이나 가위질이 서툴러 소근육 발달이 느리다고 생각했지만, 대근육 발달 부분은 전혀 생각하지 못했어요. 어른도 오르기 힘든 산을 가볍게 오르내리는걸요. 서너 시간을 쉬지도 않고 뛰어요!"

"그건 체력이 좋아서 그럴 거예요. 자기 몸을 컨트롤하는 능력이 많이 부족해 보여요. 본인의 몸을 잘 사용할 자신이 없어 어디로 튈지 모르는 또래들과 노는 데도 자신이 없었을 거예요. 그렇기 때문에 비교적 손쉽게 컨트롤할 수 있는 책 읽기를 좋아하는 것일 수 있어요."

선생님 얘기를 들으니 그동안의 행동이 이해되기 시작했다. 그동안 한 발로 타는 씽씽카를 제대로 탄 적이 없다. 놀이터에 있는 낮은 클라이밍도 오른 적이 없다. 밧줄로 된 놀이 시설은 손을 대기만 해도 기겁했다. 조금이라도 높은 곳은 절대 시도조차 하지 않았다. 그런 모든 행동이 대근육 활동에 자신이 없었던 이유라니 뜻밖이었다. 그저 소심하고 겁 많은 성격이라고만 생각했기 때문이다. 더 솔직히 말하자면 얌전하게 노니까 다치지 않아서 키우기에 편했다. 그래서 그 부분에 대해 깊이 생각해 본 적이 없었다.

언어가 느리지 않지만 느린 것처럼 느껴지는 것도 그와 관련이 있었다. 모든 발달은 유기적으로 연결되어 있으니 언어를 담당하는 뇌 근육 발달에도 제대로 자극이 전달되지 않은 것이라고 했다. 그래서 더 많은 언어 능력을 지니고 있음에도 제대로 표현되지 않았던 것이다. 언어 치료가 아닌 대근육 발달이 필요하다는 예상치 못한 얘기에 어안이 벙벙했다. 엄마가 무지하고 부족해 그동안 방치했다는 생각이 들면서 은우에게 미안해졌다.

"어머니 잘못이 아니에요. 당연히 모를 수 있지요. 아이마다 성향이 다르니 속도에 차이가 있을 뿐이에요. 대근육 활동 능력을 키워 주면 뇌에도 자극이 되고, 다른 발달에도 도움이 될 겁니다."

그날부터 감각통합치료를 시작했다. 자기의 몸을 쓰는 방법도 가르쳐야 한다는 것을 미처 몰랐는데, 수업을 들을수록 눈에 띄게 좋아졌다. 점점 행동반경이 넓어지고, 제법 무모해 보이는 것에도 도전하기 시작했다. 벽돌로 계단을 쌓아 집의 담벼락을 넘고, 높은 곳에서 뛰어내리기를 시도하고, 놀이터의 기구들도 하나씩 도전했다. 걱정이 많던 나는 위험해 보이는 것에 '스톱'을 외치고 싶었지만, 과잉보호가 도움이 되지 않음을 알기에 입을 다물기로 했다. 그저 크게 다치지 않을 정도의 거리에서 기다려 주기로 했다.

말이 트이는 속도도 더 빨라져서 금방 또래 친구들과 비슷한 수준이 되었다. 또래 친구들과 같이 놀고 싶다는 의사도 표현하기 시작했다. 감정 교류 능력도 눈에 띄게 좋아져서 주변 사람들의 기분 변화를 누구보다 잘 알아채는 어린이가 되었다. 책 육아도 더 순조로워졌다. 신체 발달이 전반적으로 골고루 발달하기 시작하면서 일명 '엉덩이의 힘'이 길러진 것이다. 이전보다 더 신나게 뛰어놀았고, 더 오랫동안 책을 봤다. 인지 능력도 좋아져서 책을 읽고 통째로 외우는 속도가 더 빨라졌다. 스펀지처럼 새로운 자극을 빠른 속도로 받아들였다. 이제야 조화가 이루어진다는 생각이 들었다. 그동안은 책을 좋아하는 성향이니 앉아서 책만 보는 게 당연하다고 생각했지 발달에 방해가 된다는 것을 미처 생각하지 못했다. 이 일을 계기로 책을 좋아하게 만드는 것도 필요하지만, 몸으로 잘 노는 것도 중요하다는 것을 깨닫게 되었다.

## 최고의 교육은 엄마의 뒷모습

"대체 뭐 하시는 분이세요? "

"네? "

이삿짐을 여러 차례 옮기던 아저씨가 물었다.

"많은 집을 이사해 봤지만 이렇게 책이 많은 집은 처음이라 그래요. 보통 아이 책만 많거나 어른 책만 많거나 둘 중 하나인데, 이 집은 어떻게 둘 다 많아요? "

"아, 그냥 책을 좋아해서요. 무거운데 고생이 많으시네요. 책이 구겨지거나 망가지지 않게 잘 부탁드릴게요."

책장에 꽂혀 있을 때는 몰랐는데 바닥에 쌓아 놓으니 많긴 많다. 이사 오기 전에 절반 정도는 버리거나 나눔을 했는데도 말이다. 육아 우울증으로 시작한 독서는 육아서로 시작해 다양하게 확장되었다. 육아서를 읽다 보니 심리학과 연관이 되고, 심리학을 공부하며 나를 들여다보다가 내면의 결핍과 만나게 되었다. 육아보다는 성장 욕구가 더 큰 엄마라는 것을 깨닫고 자기계발에 힘을 쏟았다. 읽는 책이 한두 권씩 늘어나 현재는 한 달에 20권 이상 읽는 다독가가 되었다. 읽은 책을 SNS에 남기면서 도서 인플루언서도 되었다. 본업인 학원 강사를 그만두고 가정 보육을 할 수 있는 것도 직장에서 자유로워진 덕분이다. 책 리뷰를 쓰고 독서 모임을 운영하는 등의 활동으로 생계를 꾸릴 수 있게 되었다. 이제 책은 취미 수단이 아닌 생계 수단이기에 우리 집에는 책이 참 많다.

사실 인플루언서라는 화려한 수식어에 비해 변변한 서재조차 없었다. 옷방 구석의 작은 서랍장 앞에 의자를 갖다 두고 책을 읽고 글을 썼다. 증식하는 책을 둘 곳이 없어서 화장대도, 장롱도, 서랍장도 모두 제 기능을 잃고 책으로 채워졌다. 그래서 이번에 이사하면서 결심한 것은 바로 '나의 서재 만들기'다. 남편도 가장 큰 방을 서재로 만드는 계획에 흔쾌히 허락해 주었다. 2층 주택으로 이사한 덕분에 공간 여유가 생겼기 때문이다.

"오빠, 가장 큰 방을 내 서재로 하게 해 줘서 고마워. 대신 나는 절반만 쓰고, 나머지 절반은 은우 놀이방으로 꾸밀 거야."

"놀이방이랑 같이 쓰겠다고? 왜? 혼자만의 공간으로 써도 괜찮아. 다른 방 또 있잖아."

"가정 보육을 해야 하는 데 다른 공간에 있는 게 더 신경 쓰일 것 같아. 그냥 같이 있는 게 나아."

후회하지 않겠느냐는 남편의 만류에도 결국 내 뜻대로 했다. 방의 절반은 책상을 기역 자로 둔 서재가, 나머지 절반은 장난감으로 채운 놀이방이 되었다. 요란한 장난감 소리, 계속해서 어질러지는 방바닥..., 잘 놀다가도 한 번씩 보채는 날에는 후회되기도 했다. 하지만 내가 생각한 그림이 현실로 그려지기 시작했다.

"저도 거실 도서관에 가서 책 가져올게요."

장난감을 가지고 신나게 놀다가 책에 집중하는 엄마를 보며 은우가 말했다. 아무렇지 않게 '그러렴' 이라는 눈짓을 하고는 몰래 분주히 움직였다. 방금까지 갖고 놀던 장난감을 한쪽으로 잘 치워 두고, 편히 앉을 수 있는 폭신한 소파와 테이블을 준비했다. 놀이방이 한순간에 독서실로 변했다. 그리고 은우는 엄마의 행동을 하나하나 모방하고 싶어 하는 따라쟁이가 되었다. 책에 밑줄을 긋고 메모하면 그대로 따라 했다. 책장을 넘기며 인덱스를 붙이면 은우도 책 곳곳에 캐릭터 스티커를 붙였다. 책이 엉망이 되어도 그냥 두기로 했다. 소리 내어 책을 낭독하면 글자를 모르면서도 똑같이 책을 읽는 척했다. 그렇게 되기를 의도했지만, 의도하지 않았다는 듯이 대수롭지 않게 거울이 되어 주었다. 책에 빠진 은우는 몇 차례 더 책을 가지러 왔다 갔다 하더니 아예 책장 앞에 자리를 잡았다. 얼마 지나지 않아 책으로 본인 키보다 높은 탑을 쌓으며 책을 봤다. 그 모습이 기특하고 대견해 나도 조용히 옆에 자리를 잡고 앉았다.

거실은 도서관으로, 안방은 서재와 놀이방으로 반반씩 꾸민 집. 방문하는 손님마다 불편함에 혀를 내두르는 집이다. 하지만 누군가 나에게 '가정 보육의 비법'이나 '책 좋아하는 아이로 키운 비법'을 묻는다면 우리 집에 와서 보라고 말하고 싶다. 단순히 TV를 없애고 책으로 채운 거실의 서재화가 비법은 아니다. 장난감을 없앤 것도 비법은 아니다. 오히려 우리 집은 키즈카페 뺨칠 정도로 장난감이 많다. 하지만 그 많은 장난감의 유혹에도 아이가 책을 집어 들 수 있는 이유는 '책 읽는 엄마'라고 생각한다. 아이는 엄마와 함께하고 싶어서라도 모든 것을 따라 하려고 한다. 책을 읽으라고 굳이 말하지 않아도 책에 빠져 있는 모습을 직접 보여 준다면 그보다 더 큰 교육이 없다고 생각한다.

'엄마는 책 읽어야 해서 바빠. 그러니 너는 네가 하고 싶은 걸 하렴.'

## 언터치 책 육아의 숨은 공신

"엄마, 저 달은 무슨 달인지 알아요?"

"예쁜 반달이네."

"아니에요, 상현달이에요. 초승달, 상현달, 보름달, 하현달, 그믐달이 있어요. 저 달은 상현달인데 음력 15일 전에 볼 수 있어요."

"아, 그렇구나. 그런데 너 음력도 알아?"

내 눈에는 똑같아 보이는 반달도 상현달과 하현달로 나뉘는 모양이다. 다섯 살 은우는 음력이라는 단어까지 사용하며 신나게 말했다. 매번 헷갈리는 일식과 월식의 차이점도 정확하게 알고 있었다. 몇 달째 달에 관한 책만 보며 초등 고학년 수준의 지식까지 달달 외우고 있었다. 예전의 나였다면 왜 그 책만 읽는지 이해하지 못했을 것이다. 하지만 스스로 알고자 하는 욕구에 가득 찬 몰입 상태를 방해하지 않기로 했다. 그저 현재의 관심사에 귀를 기울이고 이야기를 들어 주기로 했다. 달로 시작된 관심사는 우주로 뻗어 나갔다. 각 행성의 특징을 줄줄 외우고, 위성과의 차이점이나 태양과의 거리 등도 자세히 알고 있다.

"엄마, 이건 뭐게요?"

"잠깐만 있어 봐. 수금지화목토천해명. 아, 명왕성은 퇴출됐지. '수금지화목토천해'니까 수성, 금성, 지구…."

"아이참, 엄마. 이렇게 고리가 있는 건 토성이에요."

"우와, 대박이네. 은우 언제 이렇게 공부한 거야?"

한참을 빠져 우주를 탐구하더니 어느 날은 별자리를 직접 보고 싶다고 했다. 대화를 엿듣던 남편이 어느새 망원경을 들고 와 나가자고 했다. 무작정 차에 태우더니 제주의 시골 마을 중에서도 불빛 한 점 없는 곳을 찾아갔다. 아무것도 보이지 않는 깜깜한 길 위에서 하늘을 올려다보았다. 굳이 망원경이 없어도 별들이 쏟아져 내렸다. 남편은 '별자리 찾기 어플'을 켜고 은우와 함께 열심히 돌려보았다. 저기 보이는 큰 별이 북극성이라며 그 별을 중심으로 별자리를 찾으라고 설명해 주었다. 자기 얼굴보다 더 큰 망원경을 들고 올려다보며 반짝이는 별들을 눈에 실컷 담는 꼬마 천문학자의 꿈이 한 뼘 더 자란 날일 것이다.

어느 날은 아침에 일어났는데 아무도 없었다. 아직 아침 7시도 안 된 이른 시간인데 어디 간 건지, 내가 자는 사이에 아프기라도 한 건지 걱정되었다. 그때 핸드폰이 울렸고, 카톡을 확인해 보니 일출 사진이 주르륵 담겨 있었다.

'일어났어? 우리 없어서 놀랐지?'

'응, 놀랐지. 도대체 어디야? 아침 일찍부터 어디를 간 거야?'

'산방산에 해 뜨는 거 보러 왔어. 일출 명소인지 사람이 많네? 그런데 어린애는 은우밖에 없어서 다들 놀라셔.'

'뭐? 이 추운 날 해 뜨는 거 보러 갔다고?'

'어제 자려고 누웠는데 해는 어떻게 뜨냐고 묻잖아. 그래서 직접 보여 주려고 5시 반에 깨워서 왔어.'

'헐, 잠 부족하면 안 되는데. 푹 재워야지.'

'잠은 집에 가서 재우면 되지. 은우가 궁금하다는데 직접 보여 주는 게 낫지 않겠어?'

나는 책을 볼 수 있는 환경 조성에 힘을 썼다. 책 읽기를 강요하지 않되, 궁금한 것이 있으면 언제든지 관련 책을 꺼내 볼 수 있는 환경이 중요하다고 생각했기 때문이다. 남들이 추천하거나 내가 보고 싶은 책은 제외하고, 늘 은우의 시선에 관심을 두고 현재 궁금해하는 것에 초점을 맞췄다. 주 1~2회 도서관을 방문해 세상에는 더 다양한 책이 있다는 것도 알려 주었다. 또한 즐겁게 공부하며 책을 읽는 엄마의 모습도 보여 주었다. 가끔은 엄마의 정성을 몰라줄 때도 있었지만 어쩔 수 없다. 언터치 책 육아의 핵심은 아이에게 관여하지 않는 것이기 때문이다.

반면 남편은 책에서 본 것을 직접 체험하게 도와주는 역할을 맡아 주었다. 해와 달을 궁금해할 때는 밤을 새우며 보러 가고, 버섯에 빠져 있을 때는 습한 곶자왈 숲을 찾아다니며 나무에서 자라는 버섯을 보여 주었다. 지도에 한참 관심이 많을 땐 일부러 길을 헤매며 지도의 원리를 알려 주고, 제주에는 왜 고속도로가 없냐며 아쉬워할 땐 당장 배편을 예약해 차를 끌고 육지로 가서 고속도로를 달렸다. 아빠 덕분에 책에서 배운 지식을 직접 눈으로 확인하며 더 생생하게 익힐 수 있었다. 나와 남편의 노력이 함께 굴러갔기에 더 긍정적인 결과가 나왔다고 생각한다. 그래서 우리 집 책 육아의 숨은 공신은 단연 '남편'이다. 내가 차마 챙기지 못한 부분을 뒤에서 묵묵히 맡아준 남편이 참 고맙다.

Q

## 저희 아이는 책을 안 좋아해요. 책을 좋아하는 아이로 키우려면 어떻게 해야 할까요?

**A. 책 읽기를 강요하지 않되, 자연스럽게 책을 보게 만들어야 합니다.**

영유아 시절에는 책 좋아하는 아이로 키우기가 비교적 쉽다. 부모가 아이를 통제할 수 있기 때문이다. 문제는 초등학교 입학 이후 학년이 올라갈수록 책을 안 읽으려는 아이가 많다는 것이다. 어떻게 하면 책을 좋아하는 아이로 키울 수 있을까?

**첫째, 책에 재미를 느껴야 한다.**

자극적이고 흥미로운 것이 넘쳐 나는 시대에서 책을 보게 만들어야 한다. 학습만화도 도움이 되는지 묻곤 하는데, 나는 도움이 된다고 생각한다. 만화 수준에 계속 머무는 것은 주의해야 하지만, 책을 안 읽는 아이라면 만화라도 읽으며 책에 흥미를 붙이는 것이 좋다. 요즘 학습만화는 장르가 다양하고 퀄리티도 높다. 괜히 어려운 책을 읽으며 책과 멀어지게 만들지 말고, 재밌는 만화라도 읽으며 재미를 느끼게 하는 것이 좋다.

**둘째, 살짝 아쉬움이 느껴지는 책을 선택하는 것도 좋은 방법이다.**

현재 수준을 정확히 파악한 후, 한 단계 낮은 책부터 시작해도 충분하다. 어른들도 청소년 도서를 많이 읽으니 연령 단계가 낮은 책을 읽는 것은 부끄러운 것이 아님을 정확히 설명해 주면 된다. 일반 책이 힘들면 그림책부터 시작해 재미를 느끼도록 도와주자. 책을 얼마나 많이 읽느냐가 아니라, 한 줄을 읽더라도 제대로 읽고 생각하는 연습을 하는 것이 중요하다.

**셋째, 읽는 것이 정 힘들다면 오디오북을 활용해 듣기부터 시작해도 좋다.**

재미있는 이야기책을 골라 차에서 이동하는 시간에 듣게 해 보자. 성우들이 실감 나는 목소리로 읽어 주기 때문에 어른이 듣기에도 재밌다. 두어 번 반복해 들은 후 책을 접하면 이미 아는 내용이라 술술 읽힌다.

**넷째, 환경을 조성해야 한다.**

아무리 굳은 의지를 갖고 있는 사람도 하루 종일 TV가 켜져 있거나 소란스러운 집에서는 책에 집중하기 힘들다. 스마트폰이 가까이 있는 경우에도 자꾸 신경이 쓰여 한 번씩 들여다보게 된다. 그러니 주변을 정돈하고 독서하기 좋은 환경을 만들어야 한다. 당장 TV나 스마트폰을 없애는 극단적인 방법이 아니더라도, 일정 시간을 정해 TV와 스마트폰을 끄는 규칙을 정하면 도움이 된다.

**다섯째, 가장 중요한 건 부모의 모범이다.**

책 한 권도 읽지 않는 부모가 독서의 중요성을 말하는 것은 어불성설이다. 하루 종일 스마트폰을 붙잡고 있거나 TV를 보면서 아이에게만 책을 읽으라고 하면 오히려 반발심만 생긴다. 나는 아이가 깨어 있을 때는 TV를 켜지 않는다. 스마트폰도 정해진 장소에서만 활용한다. 대부분 시간에 책 읽는 모습을 보여 주려고 노력한다. 이때 '책은 재밌는 것'이라는 인식을 심어 주려고 일부러 깔깔거리기도 한다. 그러면 아이는 도대체 뭐가 그리 재밌는지 궁금해하며 책을 가까이한다.

반대 전략도 있다. 엄마의 책이 소중하니 절대 건드리지 말라고 과장해 말하는 것이다. 실제로 우리 집의 내 책장은 금지구역이다. 누구도 만질 수 없다. 그런데 아이가 커 갈수록 청개구리 심보인지 만지지 말라고 하면 더 만지고 싶어 한다. 살금살금 몰래 열어 보며 탐독하더니 일곱 살 아이가 이렇게 말한다.

"엄마 책은 재밌어 보이는데 너무 어려워요. 더 열심히 공부해서 엄마 책도 읽어 보고 싶어요. 제발 읽을 수 있게 허락해 주세요."

도대체 엄마는 책이 얼마나 재밌길래 하루 종일 붙잡고 있는지, 그런데 왜 자기는 못 만지게 하는지 궁금해진 것이다. 열심히 공부해서 수준을 키워 올 테니 제발 어려운 책을 읽게 해 달라고 사정하는 모습에서 나의 전략이 잘 통했음을 확인했다. 부모가 먼저 모범을 보여야 아이들도 따라 한다는 것을 꼭 기억하자.

## 사교육 전문가라면 교육의 중요성을 잘 알 텐데, 언스쿨을 결정하는 게 쉽지 않았을 것 같아요.

**A. 16년 동안 교육 현장에 있으면서 느꼈던 아쉬움이 결정적인 역할을 했어요.**

교육 현장에서 16년 동안 일하면서 교육의 중요성도 물론 느꼈지만, 동시에 몇 가지 한계와 아쉬운 점도 발견했다. 앞으로 은우가 마주하게 될 교육에 대해서도 깊이 고민하는 시간을 가졌다. 그때 느낀 아쉬운 점을 정리하면 다음과 같다.

첫째, 현재 우리나라의 교육 제도에 관한 것이다.

처음 학원에 발을 들인 2007년에는 스마트폰이 없었고, 걸어 다니며 인터넷을 자유롭게 사용한다는 것이 낯설었다. 하지만 지금은 손안의 스마트폰은 물론 집 안의 가전제품 등에도 인공지능 기능이 있다. 20년도 채 되지 않았는데 세상이 천지 차이로 바뀌었다. 그런데 교육 제도는 별반 달라지지 않았다. 시대의 변화를 교육과정에 재빠르게 반영하지 못하고 있는 만큼 미래형 융합 인재를 양성하기에는 부족하다고 생각한다. 현재 배우고 있는 것들이 20년 후에도 여전히 유효할지 의문이다.

### 둘째, 성적으로 평가받는 환경이다.

요즘은 성적표에 수우미양가 대신 알파벳이 나오지만, 여전히 시험 점수에 따라 등급을 매긴다. 이는 학생의 강점과 약점을 파악하는 데 유용하다. 잘하는 과목을 발전시키고, 부족한 과목을 보충하는 기회로 삼을 수 있다. 그러나 이러한 평가가 다른 학생들과의 비교를 전제로 한다는 점이 아쉽다. 각자의 개성을 살릴 수 있는 교육이 아니라 공부 잘하는 아이로만 만드는 교육 현실이 여전하다. 성적표는 다른 사람과의 비교가 아닌 개인의 성장 그래프로 보면 좋겠다는 바람이다.

### 셋째, 질문하는 아이로 키우기 어렵다는 점이다.

현장에서 수업하며 가장 아쉬웠던 부분이다. 일대일 또는 소수 그룹이 아닌 이상 모든 질문을 수용할 수는 없다. 수업 시간은 정해져 있고 가르칠 내용은 많기 때문이다. 질문이 많은 아이가 수업에 방해되는 경우도 종종 있다. 수학 과목은 정답이 명확하지만 풀이 방법은 다양하다. 10명이 문제를 풀면 10개의 풀이법이 나올 수 있는데, 모든 생각을 수용하기에는 한계가 있다. 그래서 수업이 끝난 후 따로 지도해 주기도 하지만 좋아할리가 없다. 결국 질문을 점점 하지 않는 경우가 많다.

**넷째, 획일화된 주입식 교육이다.**

이는 모든 아이의 질문을 수용할 수 없다는 것과 연결이 된다. 상위권 학생들은 문제 풀이법과 아이디어가 다양하다. 내가 생각하는 수학 교육의 가장 좋은 형태는 '토론식'이다. 한 문제를 풀더라도 다양한 풀이법을 제시하고 서로의 생각을 자유롭게 이야기하는 수업이 필요하다. 하지만 현실에서는 대표 풀이법만 가르친다. 반대로 하위권 학생에게도 이해되지 않는 부분을 여러 각도에서 가르치는 것이 좋지만, '모르면 우선 공식을 외우라'고 하게 된다. 수학 과목까지도 주입식으로 가르칠 수밖에 없는 현실이 아쉽다.

**다섯째, 절대적인 시간의 부족이다.**

요즘은 아이들이 가장 바쁘다. 아침 일찍 학교에 가고, 방과 후에는 여러 학원에 다니며, 집에서는 숙제를 하느라 정신이 없다. 주말이라도 편히 쉬길 바라는 바람에 금요일에는 숙제를 내주지 않았는데, 학부모들로부터 공부량이 부족하다는 컴플레인을 많이 받았다. 고3 입시생이 아닌 초등부 수업에서 말이다. 과연 아이들에게 멍때리며 생각할 시간이 있을까? 진짜 하고 싶은 공부를 찾아낼 여유가 있을까? 남이 시키는 공부만 하는 아이들을 보면 안타까울 때가 많다.

물론 교육 현장에는 아쉬운 점만 있는 것이 아니라 장점도 많다. 내가 선택한 언스쿨링이 최선의 방법이 아닐 수도 있으며, 특히 또래 친구와의 교류 같은 사회성 부분을 어떻게 보충할지에 대한 고민도 여전히 남아 있다. 하지만 이러한 우려에도 불구하고 내가 언스쿨링을 결정하게 된 가장 중요한 이유는 아이에게 심심해하는 시간과 깊이 생각할 시간을 충분히 주기 위해서다. 은우가 자신의 흥미와 필요에 맞는 자연스러운 학습을 경험하면서 자신만의 속도와 방식으로 배워 나가기를 바라는 마음에서 결정한 것이다. 이러한 접근이 은우의 창의성과 자발적인 학습 능력을 키우는 데 도움이 되리라 믿으며, 아이가 다양한 경험을 통해 성장해 나가기를 기대한다.

# <독서 교육 관련 추천 도서>

*Recommended Books*

**「공부머리 독서법」**

최승필, 책구루

"아이에게 이야기책을많이 읽어 주자!"

개인적으로 이 책은 독서 교육법의 기본서라고 생각한다. 저자는 독서와 논술 수업을 통해 쌓아 온 노하우를 바탕으로 독서 가이드를 제시한다. 아이들이 책에 흥미를 느끼지 못하고 독서 시간이 줄어드는 현실 속에서 어떻게 하면 책에 푹 빠져들게 할 수 있을까? 해답은 재미있는 이야기책을 통해 언어 능력을 키우고, 독서가 단순한 과제가 아닌 즐거운 경험이 되도록 만드는 것이다. 이를 위한 구체적이고 실질적인 해법이 들어 있으니, 독서의 기초부터 탄탄하게 다지고 싶은 부모라면 꼭 읽어 보기를 권한다.

**「국어 잘하는 아이가 이깁니다」**

나민애, 김영사

"모든 과목 중 대장 과목은 국어!"

이 책은 서울대 학생 70% 이상이 초등 시절부터 책을 많이 읽었다는 설문조사로 흥미를 끈다. 독서를 통해 국어 실력을 향상시킬 수 있고, 국어는 모든 과목의 기초이자 평생의 사고력과 의사소통을 결정한다고 설명한다. 책을 안 읽는 아이들을 위한 전략과 연령별 책 추천도 다양하게 담겨 있어 많은 도움이 된다. 국어 공부의 본질과 중요성을 이해하고, 책 좋아하는 아이로 키우고 싶은 부모에게 추천한다.

**「디지털 시대 어린이 독서의 기술」**

조미상, 더메이커

"아이의 미래 사회 경쟁력, 독서로 키우다!"

「인공지능 시대, 최고의 교육은 독서다」의 개정판이다. 저자는 인공지능 시대에 아이의 경쟁력을 높이는 데 독서가 중요한 역할을 한다고 설명한다. 창의융합교육 전문가인 저자는 급변하는 교육 환경 속에서도 독서가 여전히 최고의 학습 도구라고 강조한다. 다양한 예시를 통해 독서가 창의적 사고와 비판적 능력을 키우는 방법을 보여 주며, 아이들을 평생 독서가로 성장시키기 위한 구체적인 방법도 제시한다. 미래 사회의 융합형 인재로 키우고 싶은 부모에게 좋은 독서 가이드가 될 것이다.

# *Chapter. 5*

## 스스로 배우는 아이가 되다

## 국영수만 가르치면
## 노는 건 언제 가르칠래?

“희영아, 우리 애가 1학년이 됐는데 수학 공부를 어떻게 시켜야 할까? 괜찮은 학원이나 문제집 추천해 줄 수 있어?”

자주 듣는 질문이다. 사범대 출신이자 학원 강사 16년 경력인 나에게 주변 사람들은 궁금한 점이 많다. 교육이 전문 분야이자 학부모 상담 경력도 많기에 그들이 어떤 답변을 원하는지 알고 있다. 예전의 나라면 레벨별, 종류별, 출판사별 문제집의 장단점을 알려 주고, 체계적인 공부 로드맵도 만들어 줬을 것이다. 하지만 지금은 전혀 다르게 대답한다.

“1학년? 학교 공부는 잘 따라가지? 그럼 됐어. 학교에서 배우게 두고, 지금은 독서가 더 중요하니 책 많이 읽게 해 줘. 초등 때는 책만 많이 읽어도 돼!”

“연산 공부보다는 블록 놀이를 더 많이 하게 해. 연산 단원은 앉아서 가르치면 금방 실력이 늘지만, 도형 단원은 감각이 없으면 힘들거든. 도형 감각을 익히는 데 블록 놀이만 한 게 없어.”

“굳이 학원을 보내려면 수학보다는 음악을 가르치는 걸 추천해. 음악의 4분의 3박자, 4분의 4박자 같은 것들이 다 수학 개념이거든. 악기를 다룰 때 양손을 다르게 움직이는 것도 뇌 발달에 좋대.”

기대했던 답변이 아닌지 크게 도움이 되지 않는다는 표정으로 대화가 급하게 마무리된다. 유치원을 보내지 않으니 요즘 현실을 너무 모른다며 걱정 섞인 말도 듣는다. 아직 아이가 어려 이상적인 말을 하는 거라고, 초등으로 올라갈수록 현실을 알게 될 거라고도 한다. 그들의 말처럼 다른 걱정이나 불안감이 생길지는 모르겠지만, 위에서 말한 조언에서 크게 벗어난 방식으로 은우를 키울 생각은 없다. 당장 덧뺄셈을 틀리지 않거나 학교 시험에서 100점을 받는 것보다 더 중요한 것이 있다고 믿기 때문이다.

유치원에 보내지 않는다고 하면 흔히 홈스쿨링을 생각하지만, 나는 언터치 교육관으로 언스쿨링을 하고 있다. 정해진 커리큘럼이나 부모의 주도가 아닌 아이의 호기심에 따라 스스로 배우는 힘을 길러 주기 위함이다. 대부분 부모는 시간을 어떻게 꼼꼼하게 채워 줘야 할지, 무엇을 더 추가해야 할지 고민한다. 그런 이들 사이에서 '아무것도 하지 않을 시간'을 주겠다며 언스쿨링을 하는 것이 특이해 보일 수 있을 것이다.

'네 살이 한글 공부 피크래.'
'영어는 빨리 시작할수록 좋대.'
'공부 습관은 초등 저학년 때 완성된대.'

공부에도 적기가 있는데 놓치면 후회할 거라고 한다. 또래보다 학습에서 뒤처지면 자존감에 타격을 입을 거라고도 한다. 하지만 내 생각은 다르다. 어릴 때 마음껏 놀아 본 아이들은 마음의 힘이 강하다고 믿는다. 시간 가는 줄 모르고 놀이에 집중한 경험으로 몰입의 힘을 만든다. 가만히 멍때리다가 본인이 발견해 낸 놀이에서 재미를 찾으며 주도성을 배운다. 다른 누군가가 하자는 놀이가 아닌 직접 하고 싶은 것을 찾아내며 자기 마음을 들여다볼 시간도 생긴다. 내가 좋아하는 것은 무엇인지, 진정 원하는 것은 무엇인지 자신과 대화할 수도 있다. 어린 시절에는 이러한 마음의 힘을 기르는 것이 훨씬 중요하다고 생각한다.

이 모든 것은 심심함에서 온다. 아이들에게는 심심함을 느끼는 시간이 필수다. 심심함을 잘 견디는 아이가 놀이도 잘한다. 놀이에 완전히 몰입해 본 경험으로 학습에도 몰입할 수 있다. 하지만 요즘 아이들은 심심할 시간이 없다. 놀이할 시간도 없다. 유치원, 방과 후 학원, 학습지, 주말 체험 등 스케줄이 성인보다 빽빽하다. 그래서 심심함에 몸부림치는 시간을 견뎌 본 적이 없기에 작은 틈만 생겨도 미디어를 찾는다.

"맞아. 공부를 빨리 시키는 게 좋을 수도 있지. 하지만 요즘 아이들은 놀 줄을 몰라. 자유 시간을 줘도 뭘 해야 할지 몰라서 핸드폰 만 봐. 심심할 때 어떻게 놀아야 하는지 배운 적이 없거든. 지금 여섯 살인데 벌써 국영수 걱정을 하면 노는 건 언제 가르칠 건데?"

## 네 살, 말이 트이자마자 구구단을 외우다

길고 긴 기다림 끝에 36개월에 말이 트인 은우는 하루가 다르게 어휘력과 표현력이 늘어 갔다. 애를 태운 시간이 길었기에 하루하루가 놀라움의 연속이던 어느 날이었다. 놀이방에서 흥얼흥얼 노랫소리가 들렸다. 중얼중얼 들릴 듯 말 듯 한 목소리에 이끌려 가 보았다.

"이이는 니, 이이 사, 이땀 육, 이사 빨, 이오 십…. 엄마, 그다음 노래 계속 불러주세효."

"은우야? 너 구구단 노래 어떻게 알았어?"

"아이참, 빨리 불러 주세효!"

익숙한 가락에 깜짝 놀랐다. 배우지도 않은 구구단을 외우고 있었다. 이게 무슨 일인가 싶어 한참 동안 다시 들어보아도 분명 구구단 2단이 맞았다. 차에서 자주 틀어 주던 동요 모음집에 구구단이 있었나 의아해하면서 구구단 2단을 읊어 주었다. 그날 하루 종일 앵무새처럼 반복하라고 보채더니, 기어이 2단을 외우고야 잠이 들었다. 그다음 날은 3단, 그다음 날은 4단, 결국 며칠 만에 9단까지 모두 외웠다. 7단은 어려워서 자주 틀리긴 했지만 해내려는 집중력이 무섭고 놀라웠다.

"엄마가 수학 선생님이라 그런지 아이가 남다르네요. 벌써 구구단을 외워요?"

"그러게요. 은우는 좋겠다! 엄마랑 수학 공부 하나 봐요. 그래도 구구단은 너무 이르지 않나?"

"아니에요. 어린이집도 안 다니고 종일 아빠랑 노는걸요. 다른 아이들이 동요 부르는 것처럼 구구단을 노래처럼 부르면서 노는 거예요."

36개월, 만으로 세 살. 구구단을 외우는 모습을 보는 사람마다 모두 신기해했다. 말이 트였다고는 하지만 아직도 또래보다 표현력이 느린 은우에게 과한 조기 교육을 시킨다는 오해를 받은 적도 있다. 엄마가 학원 강사니 교육열이 남달라 보였나 보다. 처음에는 억울한 마음에 해명하기도 했지만, 그럴수록 '안 가르쳐도 잘하는 아이'라는 자랑이 되는 것 같아 그마저도 그만두었다. 차라리 "네, 맞아요. 은우는 특히 숫자를 좋아하네요. 영재 발굴단이라도 나가 보려고요"라며 팔불출을 떠는 편이 그나마 대화에서 빨리 벗어날 수 있었다.

은우는 반년 정도 구구단에 미쳐 있었고, 기어코 19단까지 외우겠다는 걸 뜯어말렸다. 당시에는 숫자에만 집착하는 것을 걱정하며, 특정 분야에 재능을 보이는 걸 경계하던 시기였기 때문이다. 구구단 좀 그만 외우라고 실랑이를 벌이던 중 한 장면이 떠올랐다.

"은우야, 바깥에 하늘 좀 봐. 수채화 물감으로 칠해 놓은 것처럼 정말 '새파랗다'. 하늘에 있는 구름이 마치 솜사탕 같아. '폭신폭신' 손가락으로 꾸욱 눌러 보고 싶어. 은우는 어때?"

"은우야, 은우가 가장 좋아하는 과일인 딸기 먹자. 빨갛고 '토실토실' 한 딸기가 싱싱해 보이지? '새코롬 달코롬' 맛있는 딸기 많이 먹으렴. 아이코, 셔요! 잔뜩 찡그린 은우 표정이 귀엽고 사랑스럽네. 엄마가 많이 많이 사랑하는 거 알지?"

약 1년 반 전, 20개월 무렵일 것이다. 세 살이 되었지만 '엄마, 아빠' 조차 트이지 않은 채 말할 생각이 전혀 없어 보이는 은우에게 끊임없이 말을 걸었다. 벽에 대고 말하는 기분이 이런 걸까? 그 어떤 리액션도 없다. 차라리 소 귀에 경을 읽는 게 나을 수 있겠다 싶을 정도였다. 소는 눈이라도 마주쳐 줄 테니 말이다. 천장에 CCTV를 달아 놓고 지금 내 모습을 바라보면 얼마나 우스울까? 도대체 이 짓을 얼마나 더 해야 할까? 말이 느린 것이 자극을 충분히 주지 않아서인지 모른다는 생각에 모두 내 탓인 것만 같았다. 그래서 자책감으로 매일매일 최선을 다해 말을 걸었다. 말을 건네다 건네다 지겨울 때는 노래를 불렀다. 기계음보다는 엄마 목소리가 낫겠거니 생각하며 알고 있는 동요란 동요는 모두 다 불렀다. 노래를 좋아하는 은우는 그나마 노래에 반응했다. 함께 몸을 흔들고 방방 뛰며 시간을 보냈다. 동요 레퍼토리도 금방 동이 나고 생각나는 노래가 없을 땐 K팝 아이돌 노래나 당시 유행하던 트로트도 불렀다.

목이 아파질 즈음 이런저런 생각 끝에 구구단이 떠올랐다. 구구단을 외우길 바라는 마음은 전혀 없었다. 그저 눈 감고도 불러 줄 수 있는 쉬운 가락이었을 뿐이다. 설거지할 때도 그냥 주절주절 구구단을 외웠다. 한 글자라도 언어 자극이 되었으면 하는 마음으로 읊조려 주었다.

1년 6개월 후, 그 당시 엄마가 불러 준 가락을 기억해 내뱉고 있던 것이다. 수천 번, 아니 수만 번을 불렀을 구구단, 왜 말이 안 트이는지 답답해 미칠 것만 같았는데 그저 차곡차곡 담아 두고 있었나 보다. 탐색하고 받아들이는 시간이 길었을 뿐인데, 그것도 모르고 왜 노력을 몰라 주느냐며 조급해했다. 시간이 흘러 드디어 말을 내뱉고 싶은 날이 왔고, 고스란히 다 기억해 주는 모습에 그동안의 마음고생을 모두 보상받은 기분이었다. 그날도 참 많이 울었다. 육아를 하면서 눈물이 많아졌는데, 은우의 하루하루가 모두 기적이었다. 36개월까지 말이 트이지 않아 속을 뭉그러뜨리던 녀석이 이제는 구구단 영재 소리를 듣게 되었다.

구구단을 외우고 못 외우고가 뭣이 중할까? 은우와 나만 아는 눈물의 구구단인 것을!

'은우야, 엄마 노력을 기억해 줘서 고마워.'

'일 년 반 전의 희영아, 포기하지 않고 노력해 줘서 고마워.'

## 수학 강사의 다짐, '빚을 내서라도…'

'나중에 아이를 낳으면 빚을 내서라도 블록만은 아낌없이 사 주리라!'

학원 수학 강사로 16년을 보내며 미혼 시절부터 했던 다짐이다. 수학은 크게 '계산 단원'과 '도형 단원'으로 나뉘는데, 대부분 부모는 계산 단원이 더 중요하다고 생각한다. 그래서 어릴 때부터 연산과 암산 훈련을 많이 시킨다. 관련 학습지를 필수로 시키기도 한다. 하지만 실제로 아이들을 가르쳐 보면 도형 단원이 훨씬 더 까다롭다. 계산 단원은 사칙연산의 원리를 이해하고 비슷한 식을 외워서 대입하면 된다. 꾸준히 연습하면 금방 실력이 늘고, 자주 틀리는 부분을 캐치해 집중적으로 연습하면 된다. 하지만 도형 단원은 우선 원리를 이해시키는 것부터 막힌다. 영유아들처럼 교구를 교실로 가져와 설명할 수 없기 때문이다. 평평한 종이에 그려진 입체 도형을 이해하고, 보이지 않는 부분까지 상상해야 한다. 그래서 도형 감각이 없는 친구들은 애를 먹는다. 이러한 이유로 초등까지는 연산 공부보다 도형 놀이를 많이 하게 하는 것이 중요하다. 놀이를 통해 입체적이고 공감각적인 능력을 길러 놔야 중학교에 가서 응용문제를 풀 힘이 생긴다.

그래서 다짐한 대로 은우가 물건을 손으로 잡을 수 있을 때부터 블록 장난감을 많이 사 주었다. 요즘은 말랑말랑한 재질의 소프트 블록, 삼키지 못하도록 크기가 큰 블록 등 영유아 때부터 갖고 놀 수 있는 블록이 많다. 연령에 맞게 알맞은 블록을 늘 구비해 두었고, '빚을 내서라도 사 주리라' 라고 다짐했던 고가의 자석 블록도 큰맘 먹고 구매했다. 비싼 교구를 들이지 않는 나였지만 블록만은 예외였다.

그런 정성에 비해 은우는 블록 놀이를 별로 좋아하지 않았다. 새 블록을 들이면 누구의 장난감인지 신나서 작품을 만드는 아빠를 바라보기만 했다. 비싸게 주고 산 블록을 왜 거들떠보지도 않는지 묻고 싶었으나 그냥 내버려 두었다. 언젠가 관심이 생기면 갖고 놀겠거니 생각하며 평소처럼 '언터치' 하며 기다렸다. 하지만 블록을 활용해 놀기는커녕 부수고, 쏟고, 널브러뜨리는 것에 더 관심을 가졌다. 거실에 발에 치여 굴러다녀도 그냥 두었다. 그저 블록과 친해지는 과정이라 생각하며 블록을 접하게 하되 강요하지는 않았다.

그러다가 여섯 살부터 블록에 빠지기 시작했다. 장장 4년여의 기다림이었다. 하루 종일 블록을 가지고 놀았고, 어딜 가나 가지고 다닐 정도로 좋아했다. 제법 긴 시간 집중하며 혼자만의 시간을 보냈다. 블록 놀이에 동봉된 가이드북은 일부러 보여 주지 않았다. 대신 전지 한 장을 주면 그곳에 본인만의 상상으로 멋진 작품들을 만들어 냈다. 집에 널리고 치이는 제각기 다른 블록들이 모이니 활용도가 더 높았다.

"엄마, 이건 다섯모에요?"

블록을 갖고 놀며 세모와 네모의 이름을 알게 되자 오각형은 다섯모냐고 물었다. 다섯모라는 건 없다고 삼각형, 사각형, 오각형의 이름을 알려 주었다. 꼭짓점과 변의 개수에 따라 이름이 결정된다고 했더니 십각형, 이십각형의 개념도 금방 익혔다.

초등학교 2학년 교육과정이다. 사각형은 모양에 따라 이름도 다르다. 정사각형, 직사각형, 마름모, 사다리꼴 등의 특징을 알려 주었더니 곧잘 이해했다. 엄마에게 배운 것을 그림으로 그려 가며 아빠에게 설명해 주기도 했다. 초등학교 4학년 교육과정까지도 블록으로 이해했다.

"엄마, 삼각기둥 만들어 주세요. 이번에는 육각뿔 만들어 주세요."

평면 도형에서 나아가 입체 도형에도 관심을 갖기 시작했다. 자석 블록으로 각기둥과 각뿔을 만들었고, 밑면의 모양에 따라 이름이 달라지는 것을 알아차렸다. 입체 도형의 면, 변, 꼭짓점에 관심을 갖고 개수까지도 달달 외웠다. 이는 초등학교 6학년 교육과정이자 공식을 외워야 하는 부분인데, 만 네 살에 놀면서 거뜬히 해냈다. 사교육 대신 블록을 사 준 것에 만족할 수밖에 없는 결과였다.

이처럼 블록 놀이로 얻을 수 있는 것이 많다. 하지만 주의할 점이 있다. 절대 '학습' 개념으로 접근하지 말 것! 놀이가 공부가 되면 금방 알아챈다. 내가 한 일이라고는 블록에 관심을 보일 때까지 기다린 것이다. 언터치하되 언제라도 갖고 놀 수 있도록 환경을 조성해 주었다. 관심이 생겼을 때 마음껏 탐색하도록 시간을 충분히 주고, 스스로 궁금증이 생겼을 때는 함께 알아 가며 해결할 수 있도록 독려했다. 체계적인 순서대로 가르치고 싶은 수학 강사의 본능을 숨기고 철저하게 은우의 호기심을 따라갔다. 도형의 이름을 묻지 않았더라면 억지로 알려 주지 않았을 것이다. 각기둥과 각뿔, 변과 꼭짓점 등의 개념에 호기심을 갖지 않았더라면 그 역시 말해 주지 않았을 것이다. 그런 개념은 나중에 배워도 충분하기 때문이다.

부모 욕심에 무언가를 가르쳐야겠다는 방식으로 접근하면 아이도 금방 알아챈다. 은우처럼 숫자나 도형에 관심이 있으면 수학부터, 다른 것에 관심이 있으면 그 영역부터 시작하면 된다. 부모 주도가 아닌 '아이가 주도하는' 배움, 언터치 육아의 핵심이다.

## 다섯 살, 애착 계산기와 애착 시계

“은우야, 오늘은 어린이날이니까 약속대로 선물 사러 가자! 이마트로 갈까? 롯데마트로 갈까?”

“으누는 중문 다이소 갈래요.”

“뭐? 다이소? 은우 장난감 안 살 거야? 장난감 사려면 마트에 가야 하잖아.”

“시러요. 으누는 중문 다이소 갈꼬에요.”

큰맘 먹고 장난감을 사 주려던 마음을 뒤로하고 요구대로 다이소로 향했다. 다이소 어린이 장난감 코너도 그냥 지나친 채 제 갈 길을 갔다. 목적지에 도착했는지 한참 고심하더니 계산기를 골랐다. 이미 집에는 다양한 종류의 계산기가 있다. 일명 ‘애착 계산기’라고도 부른다. 애착 인형인 토순이와 함께 잠자리에 꼭 들고 가야 하는 준비물 중 하나다. 언제나 한 몸처럼 갖고 다니며 심심할 때면 버릇처럼 계산기를 두드렸다. 집에 계산기가 여러 개 있으니 다른 걸 고르라고 하니, 각각의 역할이 다르다며 더 큰 계산기가 필요하다고 했다. 3만 원쯤 예상했던 선물이 단돈 3,000원으로 해결되었다. 은우도 행복하고, 나도 행복한 결말이다.

“엄마, 이건 어떻게 읽어요?”

“가만있어 보자. (속으로 일, 십, 백, 천, 만…) 23억이라고 읽어. 0이 4개 있으면 만, 0이 8개 있으면 억이거든."

"엄마, 이건 어떻게 읽어요? "

"0이 12개면 조라고 해. 그러니까 이건 100조가 되는 거지."

시도 때도 없이 의미 없는 숫자들을 누르고 가져와 물었다. 그저 물어보는 질문에 충실하게 대답해 줄 뿐, 그 어떤 터치도 하지 않았다. 어느새 애착 계산기를 갖고 다니며 9,999조 9,999억 9,999만 9,999까지 셀 수 있게 되었다. 계산기 숫자가 더 눌리지 않아서 다행이다. 숫자 개념을 다 익힌 후에는 기호에 관심을 보였다. 덧셈 기호를 누르면 숫자가 커지고, 뺄셈 기호를 누르면 숫자가 작아진다는 것을 터득했다. 하루는 2씩 더해 보고, 하루는 20씩 더하며 연구했다. 변하는 숫자의 자리를 유심히 들여다보며 '뛰어 세기'의 개념도 익혔다. 모두 초등 1~2학년의 교육과정이다. 학습지가 아닌 애착 계산기로 터득했다. 그다음은 곱하기 기호에 꽂혔다.

"엄마, 이건 구구단 표에 있는 거 아니에요? "

"응, 맞아. 엑스처럼 생긴 건 곱셈 기호라고 불러."

"엄마, 그런데 덧셈으로 곱셈이 돼요. 2단은 2씩 커지고, 3단은 3씩 커져요. 그러면 4단은 4씩 커지는지 눌러 볼게요."

네 살부터 구구단을 외웠지만 의미 모를 노래 중 하나였을 것이다. 계산기를 한참 들여다보고 놀더니 곱셈 기호가 구구단

기호라는 것을 터득하고 파고들었다. 그러다가 '2×3'은 '2+2+2'(2를 세 번 더한 것)라는 것, 덧셈 기호로도 구구단을 만들 수 있다는 것을 발견했다. 누구의 가르침이나 가이드 없이 스스로 터득한 것이 기특했다. 3,000원짜리 다이소 계산기가 어느 수학 학원 부럽지 않았다.

다섯 살 때 애착 계산기로 사칙연산을 익혔다면, 여섯 살 때는 애착 시계로 관심이 바뀌었다. 여전히 다이소는 은우의 보물창고! 시계에 관심을 보이더니 디지털시계와 아날로그시계를 사 달라고 했다. 역시나 매일 들여다보며 연구했다. 시침과 분침이 헷갈릴 법도 한데 디지털시계와 비교해 가며 익혔다. 숫자 1이 시침일 때는 1시를 가리키지만, 분침일 때는 5분을 가리킨다는 것을 금방 터득했다. 한 시간은 60분이라는 개념도 저절로 알게 되었다. 그저 매일매일 애착 시계를 들여다보며 놀았을 뿐인데, 초등 과정까지 스스로 뗐다.

"은우야, 우리 8시에 양치할 거야. 놀다가 8시에 욕실 앞에서 만나자."

"엄마, 너무 짧아요. 8시 30분에 양치하면 안 돼요?"

"알겠어. 대신 꼭 약속 지켜야 해. 8시 30분에 만나자."

시각과 시간 개념을 익히자 떼를 부리는 일도 줄었다. 협상하며 본인이 원하는 시간을 어필할 수 있게 되었기 때문이다. 예전에는 무조건 하기 싫다고 울었지만 이제는 원하는 시간을 표현하게 되었다. 약속한 시간이 되었는지 확인하며 시계와 더 친해졌다.

"네, 엄마. 지금 19시 50분이니까 20시 30분까지는 40분 남았어요. 그때 만나요."

"어? 뭐라고? 헐."

내가 들은 게 맞나? 19시, 20시 개념은 또 언제 터득한 건지 모르겠다. 거기에 뺄셈을 통해 40분이 남았다는 답을 암산으로 구했다. 5 빼기 3을 물어보면 손가락을 구부리며 세지만, 시간의 덧셈과 뺄셈은 암산으로 손쉽게 했다. 아마도 시계 자체를 이미지화해서 터득한 게 아닐까 싶다. 실제로 초등 3학년들이 가장 어려워하는 단원이 '시간의 덧셈과 뺄셈' 단원이다. '1분=60초', '한 시간=60분'을 받아올림과 받아내림을 해야 하기에 많이 헤맨다. 주입식으로 가르치면 한참 걸릴 테지만 놀이를 통해 금방 배웠다.

아마 내가 주도했다면 학원에서 학생들 가르치듯 교과 과정의 순서에 따라 체계적으로 접근했을 것이다. 하지만 놀이처럼 그냥 두었기에 본인의 연령과 상관없이 자연스럽게 터득했다. 스스로 배운 지식이 훨씬 더 오래간다는 것을 다시 한번 확인했다. 이번에도 수학 강사 본능을 절제하며 언터치하길 잘했다. 은우가 무얼 하든 바라보기만 하길 정말 잘했다.

아이마다 관심사가 다르고 호기심도 다르니 모두 은우 같은 결과를 얻을 수는 없다. 억지로 계산기와 시계를 안겨 줄 필요도 없다. 대신 다이소 장난감 코너가 아닌 곳에서 원하는 것을 탐색할 수 있도록 시간을 충분히 주는 게 도움이 된다. 엄마가 일방적으로 비싼 교구를 사는 것이 아니라 스스로 고를 수 있도록 주도권을 주면 된다. 공구에 관심이 있는 아이, 주방용품에 관심이 있는 아이, 꽃과 화분에 관심이 있는 아이 등 모두 제각각일 것이다. 아이가 원하는 그것에서 또 다른 관심과 호기심으로 확장될 것이다. 그 과정에서 충분한 배움의 기회가 생긴다. 그저 관심사에 공감해 주는 것, 그때그때 호기심을 채울 수 있도록 지원해 주는 것, 아무리 허튼짓을 해도 지켜봐 주는 것! 그것이 부모의 역할이라고 생각한다.

## 고장 난 키보드는 최고의 장난감

가정 보육 언스쿨의 환경을 위해 우리 부부는 모두 퇴사하고, 집에서 할 수 있는 온라인 사업을 시작했다. 쇼핑몰을 운영하는 아빠와 SNS를 운영하며 글을 쓰는 엄마는 일정 시간 컴퓨터 앞에서 일해야 한다. 온라인 기반 활동이므로 집에는 컴퓨터, 노트북, 태블릿 PC 등의 미디어 기기가 많다. 은우는 자연스레 모니터 앞에서 일하는 엄마 아빠의 모습에 관심을 보였고, 그중 키보드를 가장 궁금해했다. 손을 바쁘게 움직이며 일하는 모습이 흥미로웠을 것이다. 당시 내 키보드는 한글보다 영어가 더 크게 새겨져 있었는데, 한참 들여다보더니 하나씩 묻기 시작했다.

"엄마, 이건 뭐예요? "
"응, 이건 큐(Q)야."
"맨 위에 다 읽어 주세요."
"(조금 귀찮은 말투로 빠르게) 큐, 더블유, 이, 알, 티…."

그날부터 '이건 뭐예요? 읽어 주세요!' 놀이를 무한 반복했다. 붙잡고 가르치지는 않되 질문에는 정성스레 대답해 준다는 게 나름의 원칙이었는데 솔직히 귀찮은 날이 더 많았다. 낱말 카드에 갖다 대면 저절로 읽어 주는 '세이펜'이라는 기계를 가지고 놀라고 여러 번 권했지만 통하지 않았다. 세이펜 음성보다 엄마의 목소리가, 그리고 엄마와 함께하는 시간이 더 좋았을 것이다.

어느 날 새 키보드가 생긴 김에 안 쓰는 키보드의 배터리를 빼고 은우에게 주었다. 탐내던 물건을 갖게 되자 큰 선물이라도 받은 듯 행복해했다. 그날부터 며칠 내내 키보드와 한 몸이 되어 빠져들기 시작했다. 거들떠보지도 않아 구석에 쌓여 있던 낱말 카드를 찾아와 하나씩 비교하며 놀기 시작했다. 정확히 2주 뒤, 컴퓨터로 글씨를 써 보고 싶다고 졸랐다. 컴퓨터는 건드리지 않는 게 원칙이었지만 꼭 보여 주고 싶은 게 있다는 말에 허락했다.

"엄마, 에이가 써지지 않아요."

소문자 에이가 나와서 당황한 모양이다. 대문자 변환 탭을 눌러 주었다. 잠시의 망설임도 없이 알파벳 송을 부르며 거침없이 키보드 자판을 눌러 나갔다.

'ABCDEFGHIJKLMNOPQRSTUVWXYZ.'
"우와! 대박이다! 그새 알파벳을 익힌 거야? "
"네, 엄마! 은우가 혼자서 영어 공부했어요."

예전의 나였다면 키보드에 관심을 보이는 모습에 알록달록 효과음이 요란한 '유아용 키보드 장난감'을 사 주었을 것이다. 알파벳에 관심을 보이면 문화센터에 등록하거나 학습지를 시작했을 수도 있다. 하지만 언터치 육아를 하며 그냥 두었더니 2주 사이에 알파벳을 읽고 쓸 줄도 알게 되었다. 키보드라는 놀잇감을 통해 스스로 배우는 즐거움을 알게 되었다. 꼭 학습을 통해서만 배우는 게 아니라는 것을 또 한 번 깨달았다.

그날부터 은우의 관심사에 더 관심을 기울이게 되었고, 안전에 문제가 되지 않는 한 실제로 만져 보고 경험하게 했다. 실제로 주방 기구, 아빠의 벨트, 정리 바구니, 두루마리 휴지 등 눈에 띄는 모든 것이 좋은 놀잇감이 되었다. 정해진 가이드 없이 마음껏 탐색하게 두었더니 무한한 상상력으로 재탄생했다. 용도가 정해진 장난감이나 교구보다 집 안에 굴러다니는 물건들이 훨씬 더 요긴할 수 있다.

## 유튜브 영상은 무조건 안 좋을까?

가정 보육을 하며 매일 바깥 활동을 했다. 바다에 가고 싶다길래 집 근처 바닷가에 왔는데 평일 오후 시간이라 사람이 많지 않다. 은우는 삽과 양동이를 들고 바다를 자유롭게 누볐다. 웅덩이에 앉아 땅을 파며 놀고 있는데, 또래 외국인 친구가 다가왔다. 웅덩이에서 함께 놀고 싶은 모양이었다. 처음 보는 친구를 위해 자리를 내주었고, 둘은 자연스럽게 함께 어울려 놀았다.

멀리서 지켜보다가 혹여라도 장난감으로 실랑이를 벌일까 싶어 조심스레 다가가 보았다. 말이 통하지 않으니 은우의 행동이 먼저 나갈까 봐 염려한 것이다. 나의 걱정과는 달리 둘은 완벽하게 소통하고 있었다. 놀라지 않을 수 없었다. 외국인 친구에게 짤막한 단어 몇 개와 영어 감탄사를 조합해 말을 건네고 있었다. 영어 유치원은커녕 일반 유치원도 다니지 않고, ABC도 제대로 배운 적 없이 키보드로 터득한 지 얼마 되지 않았는데 말이다. 솔직히 은우가 내뱉는 말이 문법에 맞는지 틀리는지는 모르겠다. 놀란 점은 외국인을 만나자 조금도 망설임 없이 말을 내뱉었다는 사실이다. 그게 뭐 대수라는 듯, 문법이 틀리면 어떻냐는 듯 자연스럽게 소통하며 재밌게 놀았다. 놀이에는 언어가 어떠한 장벽도 되지 않았다.

그러면 은우는 어떻게 영어를 발화할 수 있었을까? 유튜브 덕분이다. 앞에서 언급했듯이 미디어 노출을 최소화하기 위해 노력하다가 말이 트인 36개월부터는 조금씩 시간을 늘려 갔다. 네 살에는 20분, 대여섯 살에는 40분, 현재 일곱 살에는 60분 정도 미디어를 활용하고 있다. 당시에는 다섯 살이었으니 하루에 40분 정도 영상을 보던 시기였다.

그중 절반은 책을 읽어 주는 독서 콘텐츠, 나머지 절반은 영어로 된 콘텐츠를 보여 주었다. 즉, 매일 20분 정도 영어로 된 만화영화를 시청했다. 추피, 폴리, 타요, 뽀로로 등 좋아하는 만화영화를 영어 버전으로 보여 주었다. 한국어로 볼 때보다 재미를 덜 느껴 영상을 더 보겠다고 조르지 않을 것 같았기 때문이다. 그리고 어차피 볼 영상이라면 그 시간만이라도 영어에 노출시키고 싶은 마음도 있었다. 고작 하루에 20분씩 보는 만화영화로 교육적인 아웃풋이 나올 거라고는 생각지 못했다. 그런데 20분씩 매일 보다 보니 영어 발화가 되는 것이었다. 물론 완벽한 문장으로 정확하게 의사 표현을 하는 정도는 아니지만, 둘이서 몇 시간을 놀기에는 무리 없을 정도였다. 은우가 대견하고 기특함과 동시에 예상치 못했던 고민이 시작되었다.

'내가 너무 신경을 못 써 주는 건 아닐까? 유튜브 영상으로 아웃풋이 나올 정도라면, 영어 유치원을 보내 제대로 된 자극을 줘야 하는 건 아닐까?'

나의 언터치 & 언스쿨 교육관에 의구심이 들었다. 하루 20분 영상만으로도 발화가 되는데, 원어민 선생님에게 제대로 교육받는다면 더 효과가 클 것 같았다. 사교육을 과하게 시키는 것이 부모의 욕심이라면, 이렇게나 아무것도 가르치지 않겠다고 단언하는 것도 욕심이 아닌지 고민되었다. 지금의 내 교육관이 맞는 건지, 정말로 은우를 위한 것인지 혼란스러웠다. 며칠간 고민하다가 정신을 차려보니 나 스스로 '재능이 있는 아이'라고 단언하고 있었다. 더 가르치면 더 큰 아웃풋이 나올 거라고 기대하면서 말이다. 만약 내가 원하는 결과가 나오지 않는다면 실망하게 되고, 더 욕심을 부릴 수도 있을 것이다.

'희영아, 너는 은우가 영어를 잘하면 좋겠니?'

'응, 이왕이면 잘하면 좋겠지.'

'잘해서 뭐 하게? 영어 대회라도 나가게?'

'아니, 그 정도는 아니고 그저 외국인 앞에서 쫄지 않으면 좋겠어. 틀리더라도 자신감 있게 영어를 내뱉으면 좋겠어.'

'이봐, 은우는 이미 그러고 있잖아.'

이미 외국인 앞에서도 당당하게 말을 내뱉고 있었다. 단어나 문법이 맞는지, 발음이 이상한지는 전혀 신경 쓰지 않았다. 말이 통하지 않으면 보디랭귀지를 적절히 쓸 줄도 알았다. 내가 원하는 대로 잘 크고 있었다. 그런데 나는 무얼 더 욕심내려고 한 것일까? 왜 재능이 있는 아이라고 단언하고서

흔들렸던 것일까?

'부모 주도가 아닌 아이 자신의 성장을 믿고 기다려 주자!'
'정해진 커리큘럼이 아닌 아이의 관심사가 우선이다!'
'은우는 스스로 배우는 힘이 충만하다!'

한 번씩 흔들릴 때마다 나의 원칙을 떠올리며 중심을 지키고, 소신 있는 엄마가 되기 위해 노력했다.

## 이, 얼, 싼, 쓰! 중국어도 궁금해요

언어에 대한 관심은 영어뿐 아니라 중국어로 이어졌다. 기고 앉기 시작할 때 구매한 '유아용 학습 병풍'이 아직도 집에 있다. 세이펜이라는 기계로 누르면 한국어, 영어, 중국어 버전으로 읽어 주는 신통방통한 물건이다. 숫자 1을 누르면 '일, 하나, one, yī'의 3개 국어를 모두 배울 수 있다. 이 병풍으로 학습을 기대한 것은 아니었다. 기어 다니던 시절에는 위험한 곳을 막아 두는 울타리로, 서기 시작할 무렵에는 잡고 서는 지지대로, 주변에 관심을 갖기 시작할 때는 시선을 잡아 둘 알록달록한 그림으로 썼다.

다섯 살 때 어느 날, 그날도 평소처럼 스스로 놀거리를 찾던 하루였다. 연령이 한참 지난 장난감이라 버리려고 책장 꼭대기에 모아 둔 병풍에 시선이 닿았나 보다.

"엄마, 이건 뭐예요? 이거 꺼내 주세요."

"은우가 아기 때 갖고 놀던 거야. 궁금하면 꺼내 줄게."

"근데 여기 이 표시는 뭐예요?"

"응, 국기란다. 이건 태극기인데 우리나라 국기야. 옆에는 미국 국기, 그 옆에는 중국 국기네."

"근데 이게 왜 있어요?"

"세이펜으로 미국 국기를 누르면 영어가 나오고, 중국 국기를 누르면 중국어가 나와."

"중국어요? 그게 뭔데요?"

"글쎄, 은우가 세이펜으로 한번 눌러 볼래?"

세이펜과 병풍으로 한참 놀다가 신나는 표정으로 달려와 다시 말했다.

"이, 얼, 싼, 쓰가 중국어였어요? 은우 중국어 할 줄 알아요!"

"그래? 한번 해 볼래?"

"이, 얼, 싼, 쓰, 우, 리요, 치, 빠, 지요, 슈!"

당당하게 1부터 10까지 중국어로 숫자를 세며 들려주었다. 오늘 처음 접한 중국어를 어떻게 이렇게 금방 외웠는지 놀라웠다. 그랬더니 뜻밖의 말을 했다.

"엄마가 은우 아기일 때 알려 줬잖아요."

"어머나, 그걸 기억하는 거야? 엄마가 불러 준 중국어 숫자송?"

말이 트이지 않았을 때 동요 레퍼토리가 떨어지면 구구단처럼 중국어로 숫자 노래를 불러 주었다. 잘하지는 못하지만 고등학교 때 제2 외국어로 중국어를 배웠는데, 다른 건 다 잊어도 기본적인 인사말과 숫자는 기억에 남아 있었다. 말도 안 되는 멜로디에 중국어를 몇 개 조합해 내 맘대로 노래를 불러 줬는데 그걸 기억하고 있었다.

"엄마, 11은 중국어로 뭐예요?"

"10이 '슈', 1이 '이' 니까 11은 '슈이' 라고 해."

"아, 그러면 '슈이, 슈얼, 슈싼, 슈쓰…. 맞아요? "

은우는 중국어로 숫자 세는 원리를 깨닫더니 금방 99까지 세었다. 완벽히 읽게 된 어느 날, 스스로 그다음 단계를 익힐 준비를 하더니 물었다.

"100은 중국어로 뭐예요? "

잘 기억 나지 않아 인터넷에서 찾아보고 '빠이' 라고 알려 주었다. 그날부터 스케치북에 숫자를 써 가며 열심히 중국어로 숫자 세기를 연습했다. 며칠 후,

"999는 '지요우 빠이 지요우 슈 지요우' 에요. 그다음 1,000은 중국어로 뭐예요? "

또 며칠 후,

"1만은 중국어로 뭐예요? "

결국 은우는 99,999까지 중국어로 세기를 스스로 익혔다. 일주일 정도 걸린 것 같다. 하나에 빠지면 끝까지 해내고 마는 몰입과 집중력이 정말 대단하다.

"엄마, 저기 고양이 좀 보세요. 너무 귀여워요. 고양이는 중국어로 뭐예요? "

"글쎄, 엄마도 잘 모르니까 인터넷에서 찾아볼게. (잠시 후) 고양이는 '마오' 라고 한대."

"그러면 고양이 세 마리니까 '싼 마오' 네요. 귀여운 '싼 마오' 야!"

중국어에 대한 단순한 호기심이 숫자에서 은우가 좋아하는 것으로 확산되고 있다. 궁금한 것이 생길수록 질문도 점점 더 늘어 가는데, 내가 커버할 수 있는 중국어 실력은 바닥을 보인 지 오래다. 질문할 때마다 '모른다' 고 말하는 날이 늘어 갈수록 '전문가에게 맡겨야 하는 것 아닌가' 라는 생각이 들기도 했다. 하지만 역시나 나의 원칙을 떠올리며 중심을 잃지 않도록 노력했다. 은우의 호기심에 시선을 맞춰 함께 관심을 보이고, 모르는 것은 하나씩 알아 가며 함께 배웠다. 중국어 실력이 부족해도 당황하지 않기로 했다. 나에게는 AI 번역기 파파고(PAPAGO)가 있기 때문이다.

은우에게는 중국어 실력이 출중한 선생님보다는 본인의 시선에서 함께 배워 가는 친구가 더 필요하다고 믿는다. 모든 걸 다 아는 전지전능한 모습보다 '잘 모르겠는데? 함께 알아 보자' 라는 말을 당당하게 할 줄 아는 태도를 가르쳐 주고 싶다. 모르는 것을 알고 인정하는 것, 그것을 배울 때의 즐거움, 노력해서 알아냈을 때의 희열감을 가르쳐 주고 싶다. 하루하루 더 성장하는 엄마의 모습을 보여 주며 좋은 거울이 되고 싶다.
각 분야의 전문가에게 맡기면 더 수월하고 체계적일 수 있지만,
함께 배워 가는 즐거움을 더 많이 느끼게 해 주고 싶다.

## 여섯 살, 메타인지와 배우고자 하는 욕구

학원에서 학생들을 가르치며 느낀 점은 국어 실력이 탄탄해야 다른 과목도 두각을 보인다는 것이다. 미디어 기기 발달로 글보다는 영상을 접하는 것이 익숙하기에 독해력과 문해력이 점점 떨어지는 게 현실이다. 그렇기에 알파벳보다는 한글이, 수학보다는 독서가 우선이라고 생각했다. 그런데 은우는 여섯 살이 되어도 한글에 관심이 없었다. 혼자 키보드를 갖고 놀며 알파벳을 익힌 것과 같은 방법으로 한글에도 관심을 보이기를 바랐지만 내 마음을 알아줄 리 없었다. 한글보다는 영어와 중국어에, 그리고 구구단과 덧뺄셈에 진심인 은우를 말릴 수 없었다.

"올해 네 살이라 한글 학습지를 시작했어. 내년이면 유치원에 가야 하는데 너무 늦은 건 아닌지 걱정되네. 은우는 한글 언제부터 가르쳤어?"

"아직 한글 안 가르쳤어. 기역 니은도 몰라."

"진짜? 여섯 살인데 언제 가르치려고? 때를 놓치면 배우기 힘들다고 하던데."

또래를 키우는 친구와 대화하다가 현실을 깨달았다. 대부분 네 살부터 한글 공부를 시작하고, 다섯 살은 거의 한글을 읽는다고 했다. 여섯 살은 긴 글을 줄줄 쓰는 경우도 제법 있다고 했다. 이런 이야기를 들으면 나 역시 불안감이 스멀스멀 올라온다. 너무 여유

부리고 있는 건 아닌지, 아이 교육에 무관심한 건 아닌지 걱정도 된다. 하지만 이런 불안감을 길게 가져가지 않기로 했다. 아직 한글은 은우의 때가 아닌 것이다. 본인이 진심으로 궁금해할 때 다른 분야처럼 스스로 배울 거라고 믿었다. 외적 동기가 아닌 내적 동기에서 시작되는 학습이 더 중요하기에 묵묵히 때가 오기를 기다리기로 했다.

그러던 어느 날, 평소처럼 동네 노을해안로를 산책하던 중 식당 입구에 세워진 작은 입간판 앞에 멈춰 섰다. 아래에 적힌 전화번호 숫자를 조합하며 덧뺄셈 놀이를 하기도 했다. 크게 그려져 있는 흑돼지 그림을 보고 뭐가 그리 재미있는지 깔깔 웃기도 했다. 그러다가 갑자기 심각한 표정을 지으며 나에게 물었다.

"엄마, 이건 뭐라고 쓰여 있는 거예요?"
"마녀상회 흑돼지 구이라고 쓰여 있네. 식당 이름인가 봐."
"마, 녀, 상, 회, 흑, 돼, 지, 구, 이…. 마, 녀, 상, 회, 흑, 돼, 지, 구, 이…."

은우가 작은 목소리로 여러 번 되뇌었다. 그러고는 또다시 물었다.

"이 글자가 한글이에요?"
"응. 한글 맞아."
"그렇구나. 그런데 은우는 왜 한글을 몰라요?"

“그동안 한글을 배운 적 없어서 그렇지. 궁금하면 지금부터 알아 가면 돼.”

여섯 살 여름, 자주 지나치던 식당의 입간판 앞에서 처음으로 한글에 관심을 보이기 시작했다. 모르는 것을 인지하고, 왜 모르는지 스스로 묻고 있었다. 다른 사람에 의해서가 아니라 본인 스스로 욕구를 느끼는 것이 반가웠다. 한글을 알고 싶다는 은우의 메타인지가 깨어난 것이다. 드디어 때가 왔다. 지금이 바로 한글을 배울 타이밍이다.

그날 산책하는 한 시간 동안 만나는 모든 한글을 읽어 달라고 했다. ‘쓰레기를 버리지 마시오’, ‘불법 어업 금지’, ‘게스트 하우스 입구’ 등 그동안 스쳐 지났던 모든 것을 궁금해했다. 집으로 오자마자 그동안 관심도 두지 않던 한글 단어 카드를 찾아 꺼내 왔다. 초롱초롱한 눈빛으로 나에게 부탁했다.

“저 한글이 알고 싶어요. 엄마가 도와주세요.”

## 혼자서 두 달 만에 한글 깨치기

"엄마, 오늘부터 한글 공부하기로 했잖아요!"

아무런 준비도 안 된 상태에서 한글 공부를 어떻게 해야 할지 막막했다. 한글 학습지라도 있어야 하나, 교육 프로그램을 참고해야 하나 검색해 보다가 그만두었다. 예전의 나였다면 학원에서 수업하듯이 제대로 붙잡고 앉아 체계적으로 가르쳤겠지만, 그러고 싶지 않았다. 그 대신 색색의 사인펜과 포스트잇을 들고 은우와 식탁에 마주 앉았다.

"은우가 좋아하는 단어를 말해 봐. 엄마가 써 줄게."
"엄마, 아빠, 김은우, 달콤이, 토순이, 토봉이, 가족, 사랑해."

불러 주는 단어를 포스트잇에 또박또박 써 주었다. 반려견인 달콤이, 애착 인형인 토순이와 토봉이까지 야무지게 가족을 챙겼다. 포스트잇을 거실 벽에 아무렇게나 붙여 놓고 하루 종일 벽에 붙어 앉아서 그 글씨들을 보고 또 보았다. 며칠 뒤 접착력이 약해진 종이가 차례차례 떨어지기 시작했다.

"엄마 '토봉이' 글자가 없어졌어요."
"그래? 그럼 종이 줄 테니까 은우가 써 봐."

글자인지 그림인지 모를 낙서가 되었지만, 제법 비슷하게 '토봉이' 글자를 그렸다. 글자가 눈에 익었다는 뜻이다. 기역 니은부터 차례대로 가르쳐 주는 것이 아니라, 좋아하는 글자부터 눈에 익히도록 시간을 충분히 주었다. 그 후 '토요일, 토마토, 토끼' 등의 단어를 만날 때마다 '토'라는 단어의 공통점을 찾아냈다.

하루는 놀이방 구석에서 큰 벽보를 찾아왔다. 3~4년 전에 전집을 사고 서비스로 받은 '가갸거겨고교구규그기'가 쓰인 한글 자음과 모음 벽보다. 당시에는 펴 보지도 못하게 하더니 어디서 찾아왔는지 붙여 달라고 했다. 거실 벽을 벽보로 도배한 후, 본인이 좋아하는 글자들과 맞춰 보기 시작했다. 좋아하는 책을 가져와 숨은그림찾기라도 하듯 열심히 글자를 맞추며 놀았다.

"엄마, 이것 보세요. 이건 '거', 이건 '미'예요. 거미를 찾았어요!"

"어머, 그러네! 거미라는 글자가 숨어 있었구나!"

"엄마, 은우가 좋아하는 '고속도로'라는 글자를 찾아 볼게요. 고! 도! 로! 그런데 '속'이 없어요. 속은 왜 없어요?"

"응, 여기에는 받침이 없는 글자만 있거든. '속'이라는 글자는 받침이 있기 때문에 없는 거야."

"받침이요? 그게 뭔데요? 저 또 궁금해요. 제발 알려 주세요."

글자에 관심이 생긴 은우는 무서운 속도로 배워 나갔다. 물어보는 것과 관심을 보이는 것에 충실히 답변만 해 주었다. 어린 시절, 깍두기 공책에 같은 글자를 반복해 쓰는 걸 가장 싫어했기에 주입식으로 공부시키지 않았다. 그래서 제대로 글자 쓰는 법도 모른 채 그림을 그리듯이 익혀 나갔다.

"엄마, 은우가 글자를 썼어요. 그런데 '다'는 틀려서 속상했어요. 그리고 '차'는 어려워서 헷갈렸어요."

어느 날은 자랑스러운 표정으로 종이를 내밀었다. '가'부터 '하'까지 써 온 것이다. 삐뚤빼뚤한 모양에 'ㄷ'이 반대로 쓰여 있었다. 중간에 'ㅊ'은 여러 번 고쳤는지 엑스 표시가 많았다. 제대로 쓰는 법을 가르쳐 주지도 않았는데 스스로 노력해서 써 온 것이 감격스러웠다. 더 기특했던 점은 본인이 틀린 부분을 잘 아는 것이었다. 요즘 교육의 핵심 키워드인 '자기주도'와 '메타인지'를 이렇게 키워 나가고 있었다.

한글 벽보로 기본 글자를 익힌 후, 다시 책에 빠져들었다. 한글 떼기에 가장 큰 공을 세운 것은 바로 '추피 책'이다. 4년 내내 끼고 사느라 너덜너덜해진 은우의 최애 책! 연령이 한참 지나서 갖다 버렸는데 언제 숨겨 뒀는지 몇 권이 남아 있었다. 그저 달달 외운 줄글과 대사들을 짜맞추더니 한글의 원리를 스스로 터득했다. 본인이 가장 좋아하는 책이기에, 지난 4년간 수천 번도 더 읽었기에 가능한 일이었다. 이럴 줄 알았으면 추피 책을 좀 더 갖고 있을 걸 하는 생각도 들었다.

한글에 관심을 보인 지 약 두 달 만에 자연스레 한글을 읽게 되었다. 남들보다 뒤처진다는 불안감에 먼저 나서지 않기를 잘했다고 생각한다. '언터치 교육관'은 이번에도 옳았다. 재미도 없는 글자 쓰기를 공책 가득 써 보라고 시키지 않고, 낱말 카드를 넘겨 가며 읽어 보라고 성화하지도 않았다. 아는지 모르는지 계속 확인하지도 않았다. 그저 스스로 깨달을 때까지 시간을 주고 기다려 주었다. 그동안 꾸준히 책을 접한 것, 자연에서 놀며 생긴 몰입 연습, 심심해하는 시간을 만들어 준 것, 자신의 욕구에 의한 배움까지 은우와 함께 해내고 싶었다. 이 모든 것은 여섯 살에 한글 떼기로 나타났다.

# 초등학교 입학을 앞두고 있어 걱정됩니다. 사교육 대신 집에서 수학을 가르쳐도 될까요?

**A. 네, 가능합니다. 대신 수학의 기술이 아니라 수학을 대하는 태도와 자세를 가르쳐 주세요.**

은우 또래를 키우는 지인들로부터 수학 문제집 이나 학습지를 추천해 달라는 질문을 많이 받는다. 초등학교 입학 전에 뭐라도 해 놓고 싶은 엄마의 마음일 것이다. 학원 강사 시절에 느꼈던 미취학 아동을 위한 수학 관련 팁을 정리해 보았다.

*첫째, 거스름돈 개념을 가르치면 좋다.*

초등 1~2학년 아이들이 의외로 어려워하는 부분이 10씩, 100씩, 1000씩 뛰어 세기 단원이다. 초등 3~4학년 때는 만, 억, 조 단위로 커지는데, 1만은 1,000이 10개라는 개념부터 헤맨다. 경험에 따르면 이 부분은 돈 개념으로 가르치는 것이 가장 빠르다. 1,000원짜리가 10장이면 얼마인지 질문하면 단번에 대답하기 때문이다. 하지만 최근에는 대부분 카드나 페이로 계산해서 실물 돈을 보기 힘들다. 이로 인해 8,000원짜리 물건을 사고 1만 원을 내면 얼마를 거슬러 받는지 등의 개념 자체를 이해하지 못하는 경우가 많다. 가능하다면 아이들에게 실물 돈을 쥐여 주고 거스름돈을 받는 경험을 많이 시켜 주면 수 개념을 익히는 데 도움이 된다.

*둘째, 시계와 달력 교육이다.*

하루는 24시간, 일주일은 7일, 한 달은 30일 또는 31일, 일 년은 12개월 등의 기본 개념을 미리 익히는 것이 좋다. 특히 시각의 덧뺄셈을 배울 때 '3시가 되기 13분 전은 몇 시 몇 분인가? ' 같은 문제를 어려워한다. 직접 덧뺄셈을 하지 않아도 아날로그시계를 많이 본 친구들은 한 번에 '2시 47분' 이라고 대답한다. 숫자가 아닌 이미지로 이해한 것이다.

이를 위해서는 집에 아날로그시계를 둔 후 부모가 자주 시각을 읽어 주는 것이 좋다. 예를 들어, '지금이 오후 5시 45분이니까 15분 뒤인 18시에 밥을 먹자' 와 같이 말하면서 오후 6시가 18시라는 개념을 동시에 알려 주면 더 좋다. 교과서에 나오는 용어가 아닌 실생활에서 자주 듣는 용어일 때 아이는 빠르게 이해한다.

*셋째, 악기를 가르치는 것이 도움이 된다.*

음악과 같은 예술을 접하면 아이들 정서에 좋은 건 당연하고, 수학적 개념까지 배울 수 있다. 리듬을 구성하는 본질은 수학의 분수이기 때문이다. 4분의 4 또는 4분의 3과 같은 박자 감각을 익히는 것이 수학 정서를 자연스럽게 익히는 데 도움이 된다. 또한 악기를 연주할 때 양손을 따로 사용해야 하는데 이는 두뇌 발달에 좋다. 말랑말랑한 뇌를 만들어 사고력을 키워 줄 수 있다. 그래서 미취학 또는 저학년일수록 연산 학습 시간을 줄이고 악기를 배우게 하는 것이 도움이 된다. 연산은 나중에라도 가르칠 수 있지만, 이러한 감각은 미리 길러 두지 않으면 고학년 때 가르치기 힘들다고 생각한다.

*넷째, 책 읽기는 필수다.*

수학 개념을 완벽히 이해하고 사칙연산을 실수 없이 훈련시켜도, 문제 자체를 이해하지 못하면 소용이 없다. 요즘 수학 문제는 길고 문장이 복잡해 무엇을 묻는지 파악하기 어려운 경우가 많다. 학년이 높아질수록 문해력과 사고력 없이는 수학 고득점이 불가능하다. 그러니 미취학 또는 저학년 때는 책을 많이 읽는 게 무조건 도움이 된다.

*다섯째, 한 문제를 오래 생각하는 자세가 필요하다.*

공부하다가 모르는 문제가 나올 경우, 대부분 학생이 별표를 친 후 바로 해답지를 보거나 선생님에게 묻는다. 살짝 힌트만 주고 다시 풀라고 해도 선생님이 해결해 주기만을 기다린다. 하지만 상위권 학생들의 특징은 분명하다. 해결하지 못한 문제는 며칠이 걸려도 다시 도전한다. 최소한 사흘은 고민한 후 선생님에게 도움을 청하고, 살짝 힌트를 주면 '앗!' 하고 깨달음을 얻는다. 다시 오랜 시간이 걸리더라도 끈질기게 도전해 결국 답을 얻는다. 이런 자세가 수학적 사고력을 키우고 점수를 높이는 데 도움이 된다.

이러한 방법들은 수학적 기초를 탄탄히 하고 문제 해결 능력을 기르는 데 도움을 줄 것이다. 당장 눈앞의 단원평가 100점보다, 아이가 수학을 즐기고 스스로 도전하는 태도를 갖추는 것이 더 중요하다.

## 학년이 오를수록 성적이 떨어져요. 학원을 늘려야 할까요?

**A. 학원에 의존하기보다는 사고력을 기르는 시간을 확보하는 것이 더 중요합니다.**

유명 일타 강사들이 성적 고민을 해결해 주는 TV 프로그램 <티처스 성적을 부탁해>를 보다가 공감되는 장면이 있었다. 영어 성적이 고민인 예비 고등학생에게 해결책으로 영어 공부가 아닌 『삼국지』를 읽으라고 권하는 내용이었다. 이유는 영어 실력이 부족해서가 아니라, 지문을 읽고 이해하는 능력이 떨어진다는 것이었다. 이 장면을 보며 모든 과목에서 '생각하는 힘'을 기르는 것이 중요하다는 점을 다시금 느꼈다.

수학도 마찬가지다. 초등학교와 중학교 수학은 기본 개념과 사칙연산을 익히면 큰 어려움이 없는 수준이다. 그런데도 대부분이 문제를 끝까지 읽지 못해 틀린다. 학원에서 수업할 때 오답이 나오면 바로 알려 주지 않고, 옆에 가서 문제를 끊어 가며 차근차근 읽어 주곤 했다. 그러면 아이들은 '아! 그런 문제였어요?' 하며 몇 초도 걸리지 않아 바로 답을 찾는 경우가 많았다. 수학의 개념이나 연산 능력이 부족해서가 아니라 문제 자체를 읽지 못해 못 푸는 것이다. 가끔은 수학 수업인지 국어 수업인지 헷갈릴 정도로 문장 공부를 시킬 때도 있었다.

더 큰 문제는 고등학교 과정부터는 '생각하는 힘'이 본격적으로 필요하다는 것이다. 많은 상위권 학생이 이 시기에 어려움을 겪는다. 이때는 문제를 읽어 주더라도 질문 의도를 파악하지 못하는 경우가 많다. 문제를 이해하는 힘, 단서를 찾아 풀어 가는 능력, 모르는 문제에 끝까지 매달리는 끈기가 부족하기 때문이다. 이러한 본질을 놓친 채 성적이 안 나오는 답답함으로 학원이나 과외를 늘리는 경우가 많은데, 그럴수록 스스로 생각하는 시간이 더 줄어든다.

학원 수업과 문제 풀이만으로는 성적을 올리는 데 한계가 있다. 오히려 스스로 생각하고 이해하는 능력을 키우는 시간을 확보하는 것이 중요하다. 책을 읽으면서 독해력과 사고력을 키우는 것이 학습 전반에 도움이 된다. 스스로 고민하고 생각하는 시간이 늘어나면, 학습 기초가 탄탄해지고 문제를 해결하는 능력이 향상된다.

따라서 학원 수업을 추가하기보다는 아이 스스로 생각할 시간을 갖고, 책을 읽으며 독해력과 문해력을 기르는 것이 더 좋다. 상위권 학생이 되기 위해서는 스스로 문제를 분석하고 해결하는 능력을 기르는 것이 중요하기 때문이다. 이때 선생님이나 부모님이 정해 준 공부보다 본인이 필요하다고 느끼는 공부를 스스로 하는 능력이 핵심이다. 학원의 도움은 부분적으로만 받고, 자기주도 학습을 통해 사고력을 기르는 것이 성적을 올리는 데 더 도움이 될 것이다.

# <미래 교육 관련 추천 도서>

*Recommended Books*

**「공부만 잘하는 아이는 AI에 대체됩니다」**

안재현, 카시오페아

"AI 시대, 미래형 인재로 키우는 비결."

이 책은 저자가 20년간 하버드와 아이비 리그 학생들을 만난 경험을 바탕으로, 인공지능 시대에 대체 불가한 인재로 키우는 방법을 제시한다. 이제는 성적 보다 '창의력, 협력, 의사소통 능력 등' 이 더 중요한 시대가 되었다. 미래 인재가 갖춰야 할 자질을 설명하고, 챗GPT 같은 AI 도구를 활용 한 교육법도 알려 준다. 은우에게 미래 경쟁력을 길러 줘야겠다고 다짐 하게 만든 책이다.

**「내 아이의 첫 미래교육」**

임지은, 미디어숲

"내 아이에게 디지털 금수저를 물려주자!"

디지털 시대에 아이를 어떻게 교육할지에 대한 명쾌한 해답을 제시하는 책이다. 코로나19로 가속화된 디지털 전환 속에서 부모 역시 새로운 교육 방식과 기술을 익혀야 한다. 저자는 디지털 네이티브로 자라나는 아이들에게 필요한 역량을 소개하고, 변화하는 세상에 발맞춰 아이를 어떻게 잘 준비시킬 수 있을지에 대한 구체적인 방법을 알려 준다. 개인적으로 좋아하는 책이자 또래 부모에게 무조건 추천하는 책이다.

**「똑똑한 아이는 어떻게 생각하고 질문하는가」**

이시한, 북크레용

"아이의 생각과 질문이 미래를 결정한다."

이 책은 급변하는 시대에 아이들에게 무엇을 가르쳐야 하는지를 명확하게 제시한다. 인공지능 시대에 부모가 직접 경험하지 못한 미래를 살아갈 아이들 에게는 단순한 지식 전달이 아닌 '생각하는 법'을 가르쳐야 한다는 것이 저자의 주된 메시지다. 변화의 시대에 아이의 미래를 준비하는 데 유용한 가이드가 될 것이다.

# *Epilogue*

남들과는

다르게 키우는 중입니다

## 유치원 대신 숲 탐험대

여섯 살까지 가정 보육을 하다가 일곱 살인 지금은 숲 탐험대에 다니고 있다. 이곳은 단순히 숲 체험이 포함된 교육과정이 아니라, 하루 종일 숲에만 있는 곳이다. 비가 오거나 눈이 내리는 날에도 우비와 장화를 착용하고 흙탕물에 뒹군다. 선생님은 특정 활동이나 놀이를 강요하지 않으며, 아이들이 원하는 놀이를 스스로 구상하고 규칙을 정해 즐길 수 있다. 물론 그 놀이에 참여하지 않는 것도 자유다. 친구를 다치게 하거나 방해하지 않는다는 기본 규칙 외에는 그 어떤 것에도 개입하지 않는다. 또한 일절 학습을 시키지 않는 '언스쿨' 기관으로, 그저 목적 없는 놀이의 즐거움만을 가르친다. 나의 교육관과 맞는 곳을 찾게 되어서 참 행운이다.

## 사회성에 대한 염려와 현실

오랜 기간 가정 보육을 하면서 가장 많이 들었던 말은 단연 '사회성 부족'이었다. 나 역시 가장 걱정했던 부분이다. 또래 친구들과 어울릴 줄 모르고 혼자 노는 것에 익숙해 단체 활동에 잘 적응할 수 있을지 우려되었다. 예전에 잠시 다녔던 어린이집처럼 친구들과 트러블이 생기는 건 아닌지 말이다.

'그런 걱정이 무색하리만큼 단체 생활에 잘 적응하고 친구들과도 잘 지내더라.'

나의 교육 방법이 옳았다는 결론을 위해서라면 이런 말이 나와야 할 것이다. 하지만 현실은 생각보다 더 적응을 못 했다. 가정 보육에 익숙해진 탓인지 아침마다 실랑이를 벌이는 일이 계속되었다. 집에서 노는 게 훨씬 더 좋은데 왜 가야 하느냐고 제법 논리적으로 따져 물었다. 아마 친구들과 만든 놀이 규칙을 따르는 것이 익숙하지 않아 재미를 못 느꼈을 것이다. 활동 사진에도 매번 혼자 그네만 타고 있 었다. 신나게 노는 친구들 사이에 왜 끼지 못하는지 사진을 볼 때마다 속상했다.

'아, 가정 보육의 단점이 드러나는구나. 나의 고집스러운 교육관이 이렇게 만들었구나.'

## 아이에게는 시간이 필요했을 뿐이다

언스쿨과 가정 보육을 통해 아이를 키운 결과, 사회성 부분에는 처참히 실패했다고 생각했다. 은우는 꽤 오랜 시간 멀리서 친구들을 지켜보며 겉돌았다. 선생님은 강요하지 않고 은우에게 혼자만의 시간을 주었다. 사회성이 부족하거나 발달이 느린 것을 문제 삼지 않았고, 오히려 '시간이 필요한 아이', '관찰을 잘하는 아이', '혼자서 멍때릴 줄 아는 아이'라고 긍정적으로 말해 주었다.

'맞아, 멍때릴 시간 주려고 가정 보육을 한 거였지. 사회성은 예상했던 부분이잖아. 조급하게 생각하지 말고 기다려 주자.'

재촉하는 대신 몇 날 며칠 멍때릴 시간을 주며 기다렸다. 언제나 그렇듯 느리지만 천천히 본인만의 속도로 물들었다. 딱 한 달이 걸렸다. 지금은 그런 걱정이 무색하리만큼 아주 잘 지내고 있다. 친구들과 노는 것을 세상에서 제일 즐거워하고, 집에 가기 싫고 더 놀고 싶다고 말하기도 한다. '여섯 살까지 가정 보육을 한 걸 후회하느냐?'라고 묻는다면, 'NO'라고 대답할 것이다. 은우의 사회성이 성장하는 시간은 지금부터라도 충분하기 때문이다. 발달이 느렸던 서너 살부터 노심초사하며 어린이집에 보냈다면 오히려 또래 관계에서 부정적인 경험을 더 많이 했을 것이다. 마음이 준비되었을 때 친구를 만나게 해 주니 딱 한 달이면 충분했다.

## 아이에 대한 믿음

느린 아이라고만 생각했던 은우가 어느덧 일곱 살이 되었다. 한글도 숫자도 제대로 배운 적이 없지만 혼자서 글을 읽고, 구구단을 외우고, 암산으로 덧뺄셈을 한다. 하루에 두세 시간 넘게 몰입해 책을 읽고, 전지 한 장만 있으면 하루 종일 전국의 도로를 그린다. 전 세계 나라 이름과 수도를 외우고, 각 나라의 역사에도 관심을 가진다. 간단한 영어 문장들을 익히고, 최근에는 한자와 중국어도 스스로 공부하기 시작했다. 그런 모습을 보며 영재라고 말하는 이들도 있다.

하지만 다른 방면에서는 여전히 미숙하고 느리다. 부족한 부분이 아직 있고, 괜찮아진 줄 알았던 부분에서 퇴행 현상이 올 때마다 여전히 걱정이 된다. 하지만 예전처럼 불안해하지 않으려고 한다. 충분히 잘 자라고 있음을 믿으니까!

나의 육아법이 정답이라고 생각하지는 않는다. 다만 우리 가족의 이야기를 통해 은우와 비슷한 성향의 아이를 키우는 이들에게 응원의 말을 전하고 싶다. '각자 자기만의 속도로 자라고 있을 뿐'이라고 말이다. 그저 믿고 응원해 주는 것이 부모의 역할이 아닐까 싶다. 모든 아이는 잠재력을 갖고 있다. 다만 그것을 탐색하고, 발견하고, 파고들 시간이 없을 뿐이다. 자발적인 배움의 욕구가 몰입을 가능하게 하고, 관심사에 몰입하는 시간 속에서 창의성이 자란다고 생각한다. 자발적이고 창의적인 아이로 키우는 해답을 '언터치 육아'에서 찾았다. 하루 일과에 여백의 시간을 꼭 넣어 주는 것, '아무것도 하지 않는' 시간을 통해 더 크게 키울 수 있다.

## 유별난 선택을 지지해 주는 가족들에 대한 고마움

느린 발달에만 관심이 쏠려 학습적인 것을 방관했다. 솔직히 말하자면 육아에 지쳐 거기까지 신경 쓸 여유가 없었다. '나는 너에게 심심해하는 시간을 주는 거야'라는 핑계로 육아에 적극적이지 않았던 엄마가 틀리지 않았다는 것을 증명하듯 잘 자라 준 은우에게 고맙다. 엄마 아빠의 아들로 와 주고, 이렇게 건강한 것만으로도 진심으로 고맙다.

'오빠, 나 은우 잘 키우고 싶어'라는 한마디에 이유를 묻지 않고 무조건 동참해 준 남편에게도 감사하다. 남들과 다른 길을 가고자 하는 아내의 고집이 답답했던 적도 있을 것이다. 오랜 시간 많은 대화를 나누며 언터치 육아관에 동의해 주었고, 지금은 초등 언스쿨링 준비를 더 적극적으로 도와주어 든든하다.

왜 유치원에 보내지 않는지, 게다가 학교는 왜 안 보내겠다는 건지 궁금하실 텐데 단 한 번도 '왜'냐고 묻지 않는 부모님께도 감사하다. 현명한 우리 딸이 얼마나 잘 키우겠느냐며 늘 응원해 주시고, 은우는 그냥 두어도 크게 될 아이라고 지지해 주시는 믿음 덕분에 힘을 내어 앞으로 갈 수 있었다. 온 가족의 무조건적인 믿음과 사랑이 있었기에 가능했다.

## 앞으로의 계획

올해 일곱 살인 은우는 초등학교 입학 통지서를 기다리고 있다. 우리 가족은 오랜 대화 끝에 초등학교 입학을 미루기로 했다. 학교에 보내면 체계적인 교육과 단체 활동 경험을 배울 수 있다는 장점이 있다. 하지만 학교에 보내지 않음으로 인해 얻는 것 또한 많다고 생각한다. 획일화된 교육 대신 본인이 관심 있는 것을 스스로 배워 갈 시간을 더 주고 싶다. 모든 선택에는 장단점이 있을 뿐 틀린 선택은 없다고 믿는다. 우리 은우에게 더 맞는 방향을 찾았을 뿐이다. 남들과는 다른 선택인 만큼 넘어야 할 산도 많을 것이다. 그 산을 넘을 때마다 흔들리지 않도록 중심을 지키며, 소신 있는 교육관으로 키우고 싶다.

아이들은 각자
자기만의 속도로 자라고 있을 뿐

# 언터치 육아

초 판 1쇄 발행
2024년 11월 5일

지 은 이 김희영
펴 낸 이 김수영
경영지원 최이정·박성주
마 케 팅 박지윤·여원
브 랜 딩 박선영·장윤희
교정교열 바른글교열연구소 새틀
제 작 (주)예진

펴 낸 곳 담다
출판등록 제25100-2018-2호 (2018년 1월 5일)
주 소 대구광역시 달서구 문화회관길 165, 대구출판산업지원센터 402호
전 화 070.7520.2645
인 스 타 @damda_book
이 메 일 damdanuri@naver.com
블 로 그 blog.naver.com/damdanuri


**ISBN 979-11-89784-50-8 (03810)**

* 책값은 뒤표지에 표시되어 있습니다.

* 이 책은 "대구 특화 출판산업 육성지원 사업"에 선정·지원 받아 제작되었습니다.